감정적

감정적

제1판 1쇄 2022년 11월 17일

지은이 양세화
펴낸이 이경재

펴낸곳 도서출판 델피노
등록 2016년 8월 11일 제2020-000082호
주소 서울시 양천구 신정중앙로 86, 덕산빌딩 5층
전화 070-8095-2425
팩스 0505-947-5494
이메일 delpinobooks@naver.com
ISBN 979-11-91459-43-2 (03810)

감정적

양세화 장편소설

목차

∅
슬플 때 같이 울어주는
누군가가 있다면

5분 전에, 도아는 취업을 위해 지원한 여러 회사로부터 불합격 통보를 받았고, 그것들을 모조리 읽은 후 지금은 침대에 누워있다. 그중 한 회사가 보낸 메일의 제목은

"지원 결과를 알려드립니다."였다.

도아가 찾아본 합격 수기에서는 제목이 "합격을 축하드립니다." 로 시작한다고 했다. 도아가 메일을 열어 확인해볼 필요도 없이 '불합격'인 셈이었다.

도아는 노트북을 열어 취업 사이트를 찾아보는 일도, 엄마가 예쁘게 다려준 한 벌밖에 없는 정장을 입을 기운도 없었다. 그녀의 잘난 친구들은 오늘도 점심시간에 무얼 먹으면 좋을까 신나게 떠들어 댔고, 도아는 밀려오는 자격지심에 제대로 읽지도 않고 핸드

폰을 껐다.

창문으로 쏟아지는 햇빛 덕분에 방 안은 불을 켜지 않아도 밝았다. 도아는 신경질적으로 엄마가 곱게 모아 걸어 둔 커튼의 끈을 잡아당겨 바닥에 내팽개치고는 빛이 들어오지 못하도록 커튼을 꼼꼼하게 쳤다. 그러곤 이 세상에서 제일 못나고 우울한 사람인 것처럼 소리 내어 엉엉 울었다. 눈물은 끝도 없이 나왔고 도아는 더더욱 슬퍼졌다.

그녀는 결국 쏟아지는 슬픔과 무기력을 이겨내지 못하고 잠들었다. 그리고 그 옆에 그런 도아를 바라보며 같이 울고 있는 한 사람이 있다. 그녀는 도아의 이름도, 나이도 그 어느 것 하나 아는 것이 없지만 도아처럼 소리 내어 엉엉 울고 있다.

"으흐흑. 이 감정은 뭐지? 뭐랄까. 너무 답답하고 화가 나. 밉다. 세상이 밉고 내가 밉다. 이 아이는 무슨 일이 있었길래 이런 마음으로 울고 있을까?"

그녀는 울다 지쳐 잠든 아이를 보며 똑같이 슬픈 마음이 들면서도, 아이의 감정과는 다른 안쓰러운 마음이 피어오르는 것을 느꼈다.

"내 아이가 이렇게 혼자 방에 틀어박혀서 울고 있다고 생각하니 더 슬픈 것 같아. 이 아이가 잠이라도 편하게 자도록 내가 도와주고 싶어."

그녀는 그런 생각을 하면서 자신의 책상에 있는 유리병 하나를 집었다. 그 유리병에는 오렌지껍질을 모아 갈아둔 것처럼 밝으면서도 따뜻해 보이는 주황색 가루가 담겨있었다. 그녀는 그 병의 입구를 조심스럽게 열어 도아를 위해 뿌리면서 간절하게 빌었다.

"이 아이가 내일은 슬픈 마음을 이겨내고 건강하게 일어났으면."

그러자 잔뜩 찡그렸던 도아의 얼굴이 조금씩 펴지는가 싶더니 한결 편해진 듯한 숨소리가 들렸다. 그런 도아를 보며 어느새 여자는 언제 울었냐는 듯 도아와 똑같이 편안한 얼굴을 하고 있었다.

"자, 오늘은 이 정도만 해야겠다."

그녀가 다른 유리병에 담긴 끈적한 액체를 꺼내 사용하자, 한쪽에서 우수수- 무언가 '작고 많은 것'이 쏟아져 내려오는 소리가 들렸다. 그녀는 그 '작고 많은 것'을 모아 통에 담아두고는 홀가분한 마음으로 집에 돌아갔다.

1

신비롭고 감정이
넘쳐나는 곳

겨울에만 느낄 수 있는 분위기가 있다. 구름 낀 하늘과 추운 날씨 때문에 풍기는 을씨년스러운 분위기는 한층 더 사람의 기분을 울적하게 만든다. 그날도 나는 수면 양말에 목도리에 귀마개에 그리고 요즘은 유행 지난 검은색의 발목까지 오는 롱패딩을 입고 집을 나섰다.

내 목적지는 언제나 그랬다시피 산을 타면 나오는 학교 도서관이다. 전염병 때문에 어쩔 수 없이 비대면 수업을 하는데 질문을 던지는 교수님이 많아 항상 도서관에 가서 수업을 듣는다. 그러면 마이크를 켤 수 없다는 핑계를 댈 수 있다.

대학교 도서관은 항상 자리가 꽉 차 있다. 운이 좋아야 노트북실에서 공부하고, 보통 때는 노트북 사용이 금지된 열람실에서 핸드폰으로 강의를 들으면서 공부한다. 물론 집중력이 그렇게 좋지는 않다. 공부도 제대로 안 하면서 성적이 나오는 날만 되면 아침부터 불안해져서는 온종일 소화도 잘 되지 않았다.

수업을 마치자마자 나는 집으로 돌아왔다. 늦은 점심을 먹으려고 냉장고 문을 열었는데 그 안이 텅 비어있어 한기가 강하게 느껴졌다. 이 방을 처음 계약할 때부터 있던 작은 냉장고였다. 생수병 몇 개만 넣어도 꽉 차서 뭘 넣어두지 않다 보니 끼니가 자꾸 줄었다. 요즘은 수업 듣기 전에 시리얼 한번, 수업 듣고 난 후에 한 끼 정도만 먹는다. 사실 냉장고는 핑계다. 사 먹는 건 비싸고 해 먹기는 귀찮으니 이렇게 돼 버린 게 맞는 것 같다.

"벌써 계란이 다 떨어졌네."

나는 텅 빈 냉장고를 보며 말했다. 냉장고의 한구석에는 엄마가 챙겨준 집된장이 담긴 둥근 통과 반찬통이 여럿 있었다. 하지만, 그걸 열면 그 안에 피어난 곰팡이를 볼 것만 같아 그냥 모른 척 둔지 꽤 됐다. 찬장을 열어보니 컵라면도 이제 몇 개 남아 있지 않았다.

나는 모자를 푹 눌러쓰고는 밖으로 나갈 채비를 했다. 아무래도 오늘은 장을 봐오는 게 나을 것 같았다.

나는 계좌잔고를 확인하기 위해 핸드폰을 꺼냈다. 그리고 습관적으로 SNS 앱을 눌러 새로 올라온 소식이 있나 살폈다. 아무 생각 없이 올라온 게시물들을 훑어보다 고등학교 때 친하게 지냈던 친구가 올린 사진에서 멈칫했다. 옆에 있는 사람이 누군지 모르겠는 걸 보니 대학 동기들인 것 같았다. 내가 요즘 만난 대학교 사람이라곤 팀플에서 만난 사람들이 전부인데, 친구들은 모두 나와 달리 착실히 자기 세상을 꾸려가고 있었다.

씁쓸한 마음을 접어두고, 밖으로 나왔다. 나는 동네마트로 들어가 계란 몇 알과 컵라면 몇 개, 우유 한 팩을 얼른 골라 계산대 위에 올려놓았다. 계산해주던 점원은 나를 힐끔 보더니 가격을 말했다. 나는 말없이 카드를 내밀고 계산한 뒤 바로 나가려는데, 내 등 뒤로 점원의 한숨 섞인 말이 들려왔다.

"저렇게 먹어서 어떻게 살라고 그러는 건지 참."

나는 못 들은 척 가게를 바삐 빠져나왔다. 자주 가지 않아도 매번 사는 게 동일하니 나를 기억하겠구나 싶었다.

'그렇게 말만 하지 말고 밥이라도 한번 사주시던가요.'

나는 뱉지도 못 할 말을 입에 머금었다가 다시 삼키고는 곧장 잰걸음으로 도망쳤다. 마트에서 멀어졌다 싶었을 때 나는 멈춰 섰고, 그 순간 억눌려있던 어떤 감정이 휘몰아치는 것을 느꼈다. 하지만 내 눈에서는 겨우 눈물 한 방울이 툭 떨어질 뿐이었다. 땅에 떨어진 눈물 자국을 보며 이렇게밖에 감정을 표현하지 못하는 내가 너무 미웠고, 이제는 정말 아무것도 하고 싶지 않았다.

그때, 누군가가 나를 불러 세웠다.

"저기요."

"네?"

"지갑 떨어뜨리셨어요."

나는 잘 나오지도 않는 목소리로 대답하면서, 떨어뜨린 줄도 몰랐던 지갑을 받아들었다. 그 사람은 '나는 친절해요'라는 인상을 풍기며 생긋 웃더니 뒤돌아 어떤 골목으로 들어갔다.

남자가 들어간 골목은 이 동네 살면서 처음 보는 곳이었다. 이런 곳에 길이 있었나. 나는 방금까지 나를 괴롭힌 좌절감도 잊어버리고는 묘한 기분에 처음 보는 그 길 앞에 섰다. 가볼까? 말까? 그 길은 이 동네의 수많은 골목과 다를 게 없었으나 왠지 모르게 포근했다. 그러다 문득 그 남자를 따라가고 싶다는 생각이 들었고 나도 모르게 발이 먼저 움직였다.

처음 가본 그 길은 참 따뜻했다. 분명 겨울인데 봄 날씨처럼 푸근하고 나른했다. 나는 홀린 듯이, 끝이 보이지 않는 아름다운 바닷가를 걷는 것처럼 걷고 또 걸었다. 길 곳곳에는 들꽃이 피어있었다. 집에선 항상 엄마가 꽃을 화병에 꽂아뒀었는데, 갑자기 든 뜬금없는 생각에 나는 실없이 픽 웃었다. 그리고는 쭈그려 앉아 계란프라이처럼 동글동글 예쁘게 피어있는 꽃들을 바라봤다. 한참을 그렇게 꽃을 구경하다 무심코 길을 향해 고개를 돌린 나는, 그 순간부터 몸을 움직이지 못했다.

눈앞에 펼쳐진 풍경은 꿈인가? 라고 착각할 만큼 다채로웠다. 나는 몸을 일으켰지만, 쉽사리 발을 뗄 수가 없었다. 그저 멍하니 알록달록한 세계를 바라보고 있는데 나의 뒤쪽에서 누군가 움직이는 소리가 들렸다. 내가 뒤돌아볼 새도 없이 그 사람이 나를 힘차게 밀었다.

그 순간 물에 들어가는 것처럼 촉감이 다른, 완전히 새로운 공기가 나를 감쌌다. 나는 풀썩 앞으로 넘어졌지만, 하나도 아프지 않았다. 이 공기가 나를 지켜주고 있구나 그런 말도 안 되는 생각도 했다. 곧바로 뒤돌아봤으나 그곳엔 아무도 없었다. 그래서 나는 눈을 감고 조심스럽게 고개를 앞으로 돌렸다. 눈을 감은 덕분에 코와 귀, 피부에 집중된 감각을 온전히 느낄 수 있었다. 피부를 타고 흐르는 따뜻한 기운이 눈을 떠도 된다고 말하는 것 같았다. 나는 천천히 눈을 떴다.

그렇게 나는 이 세계에 들어왔다. 그 순간 본능적으로 이 '신비롭고 감정이 넘쳐나는 곳'을 사랑하게 될 것 같다고 생각했다.

2

당신의 시간이
멈춰 있는 곳

이상한 세계에 들어온 두 번째 날 아침, 나는 희한한 꿈을 꿨다고 생각했다. 눈을 뜨니 내 자취방에 누워있었고 여느 때와 같이 냉장고를 열어 생수를 찾았으나 보이지 않았다. 생수 사는 걸 까먹다니. 나는 약간의 신경질을 내며 지갑과 마스크를 찾았지만, 그역시 보이지 않았다.

"어, 이상하다."

나는 머리를 긁적이며 침대에 걸터앉아 환기를 하려고 창문을 열었다. 그런데 밖은 꿈속의 그 세상이었다.

현실이 아니라는 것을 증명하듯 머리는 너무나도 가뿐했다. 언제 시작됐는지도 모를 두통은 온종일 나와 함께였다. 두통 때문에 나는 하루의 대부분이 찡그린 표정이었고 덕분에 나의 미간 사이에는 깊게 박힌 주름이 있었다. 그런데 그 두통이 사라진 것이다.

나는 어제 얼떨결에 이곳에 들어온 직후, 발을 쉽게 떼지 못했었다. 그러다 문득 여기까지 왔을 때처럼 걱정하지 말고 그냥 걸어보자는 생각이 들었다. 그래서 발 닿는 대로 무작정 걸었다. 내 눈에 가장 먼저 들어온 것은 놀이터였다. 다양한 아이들이 뛰어놀며 행복해하고 있었다. 나도 모르게 입가에 웃음이 번졌다. 그리고 아이들이 없는 곳으로 발걸음을 옮겼다.

놀이터를 등지고 걷다 보니 이상한 장면을 목격할 수 있었다. 누군가가 이리저리 뛰어다니며 행복하다고 외치고 있었다. 그는 무척이나 빨랐고, 그가 뛴 높이는 거의 사람 키만 했다. 로켓이 발사되듯 빙글빙글 돌면서 뛰는 그의 발밑으로 눈부신 가루가 구름처럼 퍼졌는데 그 밑을 지나가는 사람들은 전혀 개의치 않아 보였다. 아니, 약간 입꼬리가 움찔거렸다. 어떻게 그걸 알았냐면, 지나가는 사람 중 인상을 잔뜩 쓴 사람의 얼굴에서 입꼬리만 살짝 움직였기 때문이다. 그 사람은 뛰어다니는 사람과는 분위기가 정반대였다. 몸 전체가 검은색 아우라로 덮여 있어 누가 보면 검은 망토라도 두른 줄 알았을 것이다. 근데 그 사람의 검은 아우라는 몇 걸음 가지 않아 옅어졌다. 그래선지 그는 들고 있는 스프레이를 끊임없이 주위에 칙칙 뿌렸다. 내가 '행복남'이라고 이름 붙인 뛰어다니는 사람의 눈에도 띄었는지, 그는 '어둑남'의 옆을 의도적으로 지나면서 가루 같은 것을 마구 뿌려댔다. 순식간에 어둑남 주위의 검은 아우라가 사라지면서 그의 얼굴은 뽀얘졌고, 생각보다 너무 귀여운 인상의 얼굴이 일그러지며 다급히 스프레이를 뿌렸다. 행복남은 어림도 없다는 듯 다시 어둑남 주위에 마구 행복 바이러스를 뿌려댔고, 어둑남은 쉴 새 없이 어둠 바이러스를 자신의 주위에 뿌렸다. 키득키득 웃으며 장난치는 행복남의 모습은 나까지도 웃음 짓게 했다. 그렇게 주인공이 두 명뿐인 시트콤을 멀리서 보고 있는데 깔끔하게 차려입은 아버지뻘의 남자가 내 옆에 와 섰다.

"안녕하세요. 도담 씨. 저는 이곳 '감정적'의 관리자입니다. 관리자라고 불러주시면 됩니다."

"아… 네."

그게 나와 관리자님의 첫 만남이었다. 나는 그때 관리자라는 사람을 어색하게 맞이했다. 그는 수다스럽지도, 딱히 조용하지도 않았다. 대신 나를 위해 이것저것 알려주려고 노력했다. 나는 이미 현실적인 감각을 잃어버린 상태였기 때문에 그와 함께 있는 것이 어렵지 않았지만, 원래였다면 그 자리를 도망쳤을 것 같다.

나는 관리자님을 따라가며 이 세계 곳곳을 둘러볼 수 있었다. 개성이 넘치는 건물들 그리고 그곳을 드나드는, 무언가가 넘쳐 보이는 사람들이 유독 눈에 띄었다. 웃음, 고함, 울음, 친절, 우울 등. 대부분은 아니었지만, 일부 사람들은 지나치게 웃었고, 울었고, 소리쳤고, 행동했다. 여긴 다들 감정적인 사람들뿐인가 봐. 나는 무심코 그런 생각을 하며 지나쳤다.

관리자님이 나를 데려간 건물은 엄청나게 거대했고, 수많은 사람이 지나갔으며 위엄마저 느껴졌다. 그 건물은 끝이 뾰족한 왕관 위에 레이스가 천장처럼 깔려있었고, 무지갯빛으로 빛났다. 건물의 아래쪽에는 무수히 많은 통로가 있어 어디에서도 드나들 수 있었다. 건물을 둥그렇게 잔디밭이 둘러싸고, 잔디밭을 끝으로 상점들이 즐비하여 원형으로 뻗어있었다.

내가 정신없이 바라보고 있자 관리자님은 나를 흐뭇한 미소로 쳐다보며 설명했다.

"이 건물은 이곳의 유일한 회사이자, 감정을 실체화할 수 있는 공간입니다. 이곳을 우리는 '감정적'이라고 부릅니다. 이곳에 사는 모든 사람은 '감정적'에서 일할 수 있고, 감정 에너지가 실체화된 별사탕을 받을 수 있습니다."

"별사탕이요?"

"지금은 어렵겠지만, 사장님의 설명을 듣는다면 이해가 금방 될 겁니다. 저를 다시 따라오세요."

관리자님의 말이 맞았다. 나는 한 단어도 제대로 이해하지 못했다. 관리자님은 멍하니 서있는 나에게 얼른 따라오라고 손짓하고는 유유히 그 휘황찬란한 건물로 들어갔다. 나는 서둘러 그 뒤를 쫓아갔다.

'감정적'이라고 했었지. 내가 종합해본 바로 이곳은 감정과 관련된 세계였다. 내가 이곳에 들어올 때 느낀 '편안함', 그리고 마구 뛰어놀던 아이들, 감정이 넘쳐 보이던 사람들, 그리고 이곳의 중심에 우뚝 서 있는 '감정적'. 모든 것이 이곳은 범상치 않은 곳임을 알리고 있었다.

관리자님과 함께 건물 안으로 들어가자, 건물 내부에 용도를 알 수 없는 수많은 문이 있었다. 건물의 중앙부에는 끝이 보이지 않는 계단이 둥글게 쭉 뻗어 올라갔다. 많은 사람이 헷갈리지도 않는지 문을 들락날락했고, 중심의 끝없는 계단을 오르는 사람도 있었다. 다소 감정적인 표정으로 1층을 왔다 갔다 하는 사람들과는 달리 계단을 오르는 사람들은 매우 차분해 보였다.

이 정신없는 건물 내부로 들어서면서부터는 관리자님을 놓치지 않기 위해 바짝 긴장해야 했다. 관리자님은 나를 위해 천천히 걸었지만 나는 이렇게 많은 사람들 속에 있는 일도 드물었을뿐더러 낯선 환경에 있다는 것조차 불안했다.

내가 긴장했다는 것을 눈치챘는지 관리자님은 나에게 사탕 하나를 권했고, 내가 선뜻 집어 가지 못하자 그는 나에게 안심해도 된다는 의미로 사탕 하나를 더 꺼내 자기 입으로 넣었다. 나는 괜스레 어색해져서 사탕을 집어 들었고, 입에 넣자마자 내 머리와 심장을 괴롭히던 불안이 순식간에 사라지는 것을 느꼈다.

"우와, 이 사탕은 뭐예요? 마음이 갑자기 편해졌어요."

나는 신기한 나머지 사탕 봉지를 만지작거렸고 관리자님은 흐뭇하다는 표정으로 나를 바라봤다.

"이 사탕에는 '안정' 성분이 포함되어 있어요. 우리는 여러 감정을 담은 신기한 물건들도 만들 수 있거든요."

나는 사탕 하나로 마음이 이렇게 바뀔 수 있다는 것이 신기했다. 신기하게도 관리자님한테 이곳에 대해 물어보고 싶은 욕구가 마구 샘솟았다. 무수히 많은 문, 중앙에 떡하니 놓인 계단, 바쁘게 움직이는 사람들 사이에 내가 모르는 신비한 비밀이 잔뜩 숨어있을 것 같았다.

"저… 이 문들은 무엇이고, 왜 이렇게 많은 건가요?"

내가 조심스럽게 물어보자 그는 또 한 번 친절하게 웃으며 대답했다.

"이 문 중 원하는 문을 골라 손잡이를 잡고 본인이 가고 싶은 장소를 떠올리세요. 그러면 문 너머로 상상하는 것보다 더 환상적인 공간이 나올 겁니다."

"환상적인 공간이요?"

"네, 원하는 곳이 어디든 문이 데려다줄 겁니다."

나는 그의 말을 들으며 환상적인 공간을 떠올리려 노력했지만 생각보다 쉽지 않았다.

"문이 많은 이유는 혼란을 줄이기 위해서예요. 이곳은 모두가 감정을 골고루 채우지만, 간혹 한 가지 감정에 심취해 그것만 모으는 사람들이 있어요. 만약, '즐거움'이라는 감정을 가득 채운 사람이라면 '방방' 뛰어다니겠죠? '분노'를 채웠다면 속이 아마 부글부글 끓고 있을 수도 있어요. 그 둘이 하나의 문을 통과하기 위해 만난다면 어떤 일이 벌어질까요?"

나는 관리자님의 질문에 쉽사리 대답할 수가 없었다. 한 가지 감정만 가지고 있는 사람. 그 사람은 어떻게 행동할까?

"그렇게 한 가지 종류의 감정만을 채웠다면, 감정적으로 불안한 상태가 됩니다. 그런 사람들이 만난다면 어떤 일이 발생할지 모르죠. 꼭 나쁜 일이 아니더라도요. 그래서 그런 사람들의 부딪힘을 최소화하기 위해서 문의 개수를 늘리다 보니 이렇게 많아졌네요. 그 말은 이 '감정적'을 찾는 사람들이 많아졌다는 얘기도 되겠죠."

관리자님은 마지막 말을 하고는 생각에 잠긴 듯 잠시 동안 아무 말도 없었다. 그의 얼굴에 떠오른 안타까움. 어쩐지 나는 더 이상 말을 걸 수가 없었다. 나도 덩달아 침묵을 유지하자 관리자님은 다시 얼굴에 편안함을 띤 채 나에게 계속 설명했다.

"이곳은 감정을 수치로 환산해 조절할 수 있어요. 그리고 '일'을 통해 얻게 된 감정만을 느낄 수 있죠. 아까 예시로 들었던 한 가지 감정만을 채운 사람들도 다 '일'을 통해 감정을 풍부하게 가질 수 있는 거예요. 이때 채워지는 감정을 '감정 에너지'라고 하고 이것을 저희는 별사탕만 한 크기로 실체화할 수 있어요. 그 별사탕 덩어리가 이곳에서의 화폐이고 혹은 원할 때마다 그 감정을 느낄 수 있게 해줍니다. 아까 올 때 아이들이 뿌렸던 것은 별사탕을 가루로 만든 거예요. 감정마다 유지되는 시간도, 가지는 힘도 달라요. 아까 보고 계셨던 행복 가루는 사람을 행복하게도 해주지만 날 수도 있게 해줘요. 동적 에너지도 가지고 있는 셈이죠. 그리고 사람을 감정적으로 우울하게 만드는 우울 가루보다도 힘이 강해서 금방 흔적을 지워버리죠. 그래서 아까 검은 가루를 뿌렸던 게 소용이 없던 거예요. 아마 지금쯤 둘이 손잡고 즐겁게 놀고 있을 겁니다."

관리자님의 친절한 설명 덕분에 이해하기 쉬웠다. 나를 불편하게 생각하지 않는 사람과 대화를 나눈다는 것, 내가 말을 하지 않아도 괜찮게 여기는 것, 그리고, 나에게 바라는 것이 없는 순수한 친절은 내가 그동안 느껴보지 못했던 것들이었다. 내가 누군가와 이렇게 편하게 대화할 수 있구나. 나는 그럴 수 있는 사람이었구나. 나는 이런 생각을 하며 씁쓸했지만, 한편으로는 안심이 됐다.

어느덧 우리는 어느 문 앞에 있었다. 내가 이곳이 어디냐고 묻자 관리자님은 이렇게 답했다.

"이 마을의 하나뿐인 감정 에너지 생산 직장인 '감정적'의 사장님이 안에 계세요. 안에 들어가면 사장님이 상담을 진행해주실 겁니다. 저는 앞으로 이곳 시간으로 3일 뒤, 14일 뒤, 한 달 뒤에 담이 씨를 찾아갈 것입니다. 그때까지 적응 잘하시길 바랄게요."

나는 관리자님한테 감사하다고 말하고 떨리는 마음으로 문 앞에 섰다. 사실 자신이 없었다. 내가 능력이 없는 사람이라는 것을 간파하고 당장 여기서 나가라고 하지는 않을까? 문득 이런 생각을 하는 것 자체가 한심스러워졌다. 이렇게 따뜻하고 자유분방한 곳에 어울리지 않는 어두운 생각이었다.

자포자기하는 심정으로 손잡이를 잡고 돌렸다. 문을 여는 순간 내 앞으로 환한 빛이 쏟아져 내렸다. 정신을 차리고 눈을 서서히 뜨자 펼쳐진 풍경은 초등학교 때 놀러 갔던 아주 먼 기억 속의 시골 할머니 댁이었다. 시간이 꽤 지나 잊어버릴 수도 있었지만, 나의 감각은 이곳이 할머니 댁이라고 확신하고 있었다. 시골의 흙냄새를 맡자 과분할 정도로 포근한 기운이 나를 감쌌다.

"어서 오세요, 담이 씨. 저는 이곳 '감정적'의 사장입니다. 이 공간은 당신의 시간이 멈춰있는 장소입니다."

"…제 시간이 멈춰있는 장소요?"

나는 쏟아지는 포근함에 온몸의 피로가 풀리는 듯했고, 심지어는 마음 깊은 속에서부터 어떤 감정이 북받쳤다. 사장님은 관리자님보다는 연세가 지긋한, 이 시골 풍경과 어울리는 인자한 할아버지였다. 나른하게 서 있는 나에게 이분은 설명을 시작했다.

"네, 사람들은 모두 마음속에 시계를 하나씩 품고 삽니다. 마음이 진정으로 울릴 때 이 시계는 작동되고, 그렇지 않으면 멈추죠. 성인이 되면 보통 인생의 가장 '중요한' 순간에 시계가 멈추는데 담이 씨는 이곳에 멈춰있더군요. 사람은 태어나 어린이, 청소년기를 거쳐 성장하면서 미래를 꿈꾸며 살아가지만, 어느 순간부터는 과거를 그리워합니다. 그때가 좋았지, 하고요. 그때부터는 하루의 가치가 현저히 떨어져 시계가 꽤 먼 순간에 멈춥니다. 대부분 이 시계는 몇 년 정도의 주기를 가지고 다시 돌아갑니다만… 담이 씨는 더 먼 곳에 멈춰있는 것 같군요. 이곳이 어딘지 기억하시겠습니까?"

나는 익숙한 시골 풍경과 포근한 햇살, 시원한 바람과 흙냄새가 주는 안정감에 눈을 감고 이 순간에 푹 빠져버리고 말았다. 사장님이라는 사람의 다정한 말투에 나는 경계심을 풀고 술술 대답했다.

"네, 제가 초등학교 4학년 땐가… 부모님 따라서 다녀온 할머니 댁이에요."

"당신이 중요하게 생각하는 감정이 무엇인지 알겠군요. 지금 느낀 이 감정을 꼭 기억하고 '일'을 통해 얻어가셨으면 합니다. 저쪽 문으로 나가면 담당자를 만날 수 있을 겁니다. 이곳에서 생활하는 방법을 알려줄 테니 꼭 만나고 갔으면 합니다."

"혹시 계속 이곳에 있으면 안 될까요…?"

정말 오랜만에 느낀 향수 같은 감정이었다. 이 순간이 지나면 다시는 느끼지 못할 것 같아 불안했다.

"많이들 그렇게 말씀하시죠. 하지만 감정은 찰나에 불과합니다. 똑같은 감정을 지속적으로 느끼긴 어려워요. 감정은 익숙해질수록 무뎌지니까요. 10분만 있어도 금방 다른 감정들이 피어오를 겁니다. 그런 감정들은 순수하지 못하게 되죠. 당신이 이 감정을 계속 느끼려면 이 감정을 기억해서 다른 순간에도 느낄 수 있도록 하는 방법밖에는 없어요. 당신을 기쁘게 하는 건 오직 당신만 가능한 일이니까요."

사장님의 말은 일리가 있었다. 확실히 처음 들어왔을 때보다 포근한 느낌이 많이 사라진 상태였다. 삑-하는 소리가 들려 나도 모르게 손목을 봤다. 그곳에는 '포근함 +1'이라는 글자가 쓰여 있었다.

"이제부터 담이 씨 손목의 감정 게이지가 당신이 얻게 되는 감정 에너지의 수치를 알려줄 것입니다. 수치를 보고 싶다는 생각만 하면 볼 수 있을 거예요. 어떤 감정을 얻게 될지는 모르겠지만 무사히 만족스러운 결과를 얻어내시길 바랍니다."

나는 사장님의 사무실에서 나오며 이곳은 신기한 것이 참 많다고 생각했다. 나도 모르는 사이에 손목시계가 생기다니. 나는 이번에도 감사하다는 인사를 남긴 뒤 안내해준 문을 향해 걸었다. 잘은 모르겠지만 은근히 기대되는 것 같기도 했다. 모르는 문 하나를 넘어왔을 뿐인데 기분 좋은 바람이 불어왔다.

3

'감정적'에서
일하는 법

"담이 씨, 맞나요? 저 얼른 따라오세요. 이렇게 지체할 시간이 없어요. 당신 때문에 잃은 감정 에너지들이 많으면 어쩌실 겁니까?"

"네?!"

사장님 방에서의 여운을 마지막까지 느끼고 있는데 갑자기 들려온 정신없는 소리에 나도 모르게 죄송하다고 하며 그 소리의 주인을 따라갔다. 자신이 담당자라는 이 사람은 지금까지 만난 친절한 사람들과는 달리 투박하면서도 성급해 보였다.

"당신은 절 담당자로 만난 걸 영광으로 생각하셔야 합니다. 제가 벌어들이는 감정 에너지가 1위라는 건 알고 계신가요? 전 1분, 1초도 허투루 쓰는 걸 좋아하지 않아요. 제가 여기 있는 그 누구보다도 빠르게 알려주고 빠르게 일할 수 있도록 해드리죠. 자, 얼른 따라오세요!"

담당자를 따라 들어간 곳은 어느 회사의 사무실이라고 해도 믿을 법한 공간이었다. 갑자기 숨이 턱 막히는 기분이었다. 그곳은 정말 많은 사람이 이리저리 바쁘게 돌아다녔고 나는 그중에서도 눈에 띄게 바삐 움직이는 담당자를 따라가느라 진이 빠졌다. 바쁘게 걷던 담당자는 광이 날 정도로 깔끔해서 심하게 눈에 띄는 한 책상 앞에서 멈췄다.

"자, 일단 여긴 제 자리예요. 보이십니까? 자로 잰 것처럼 이 딱 딱 들어맞는 기계들 그리고 먼지 한 톨 없는… 앗 다녀온 사이 먼지가 붙었군. 자, 아무튼 여기 이 모든 자리 중 가장 완벽한 제 자리입니다."

담당자의 자리는 삭막하기 그지없었다. 책상 위에는 모니터 한 대, 천장부터 끌어온 원형 통 두 개 그리고 그 통은 깔때기가 하나는 아래로, 나머지 하나는 위로 향해 있었다. 그리고 형형색색의 가루가 담긴 유리병이 몇 개 있었다. 아무튼 무슨 용도인지 모르는 것들이 잔뜩 있었다.

"자, 빠르게 설명해 드릴게요. 이 화면 위에 있는 사이렌이 울리면 '감정적'인 상황에 놓인 사람이 화면에 보이게 됩니다. 이때 저희는 적절한 양의 '끈끈이'를 넣어요. 그냥 감각적으로 넣으면 돼요. 알겠어요? 그러면 덩어리로 응축된 감정 덩어리가 이 깔때기를 통해서 떨어지는데, 우리는 이걸 '별사탕'이라고 불러요."

담당자라는 사람이 깔때기가 위로 향해 있는 장비에 '끈끈이'라는 것을 한번 퍼서 넣었다. 그러자 천장에서부터 모래알이 떨어지는 듯한 소리가 들리더니 곧 아래로 향해 있는 깔때기 밑으로 별사탕이 쏟아졌다. 정말이지 '별사탕' 그 자체였다.

"아무튼 이건 모아뒀다가 여기 넣고 퇴근하면 돼요. 지금 넣지 않고 가져가면 어떻게 되나 생각했을 거예요. 굳이 그럴 필요 없어요. 우리는 이미 충분한 양의 별사탕을 월급으로 받으니까. 사실 이렇게 내려온 별사탕은 쓰지도 못해요. 너무 날 것이라. 아무튼 더 이상 쓸데없는 말을 할 시간이 없어요. 당신은 거의 다 배웠어요. 아주 간단하지 않나요?"

담당자의 설명은 채 5분도 지나지 않고 다 끝났다. 나는 설명을 들으며 제대로 알아들은 내용이 하나도 없었다. 사실 중간에 놓쳤는데 아주 성급하게 설명하는 바람에, 그리고 담당자의 기세에 눌려 다시 물을 수가 없었다. 일단 대충 듣는 대로 외우려고 노력했다. 나의 빠르게 굴러가는 눈이 보이지도 않는지 담당자는 다시 새롭게 설명했다.

"근데 가끔 각박한 세상에 사는 사람들은 '감정적'인 상황에서 아주 적은 양의 별사탕을 만들어내요. 별사탕은 이 회사의 수입이

나 마찬가지이기 때문에… 그럴 때는 우리가 약간의 도움을 줘야 하는데 그게 뭐냐면 바로 이거예요. 끈끈이는 회사에서 언제든 지급해주는데 이건 우리가 별사탕을 주고 사야 해요. 이건 '감정 증폭제'라고 부르죠."

담당자는 나에게 책상 위에 있던 유리병 중 하나를 보여주었다. 그 안에는 색이 선명하면서도 투명한 별사탕 알갱이가 가득 담겨 있었다.

"이것도 별사탕 아닌가요…?"

"정답! 오, 눈치가 빠른데? 우리는 보통 얻을 수 있는 감정이 한정된 경우가 많아요. 보통은 비슷한 감정의 사람들을 담당하게 되거든. 근데 '저 너머 세계'에서 어떤 일이 벌어질지 아무도 모르기 때문에 관리하는 사람들이 굉장히 우연하게도 새로운 경험을 하게 될 수도 있어요. 그럴 때 별사탕의 양을 늘리려면 적절한 '감정 증폭제'를 뿌려주면 되는 거지. 아무거나 뿌린다고 증폭되는 게 아니야. 자칫 잘못하면 이상한 감정을 불어넣어서 그 상황을 망쳐버릴 수도 있거든. 그래서 우리는 적당량의 별사탕을 미리 구입해 두는 거예요. 언제든 뿌릴 수 있도록 말이지. 이 '감정 증폭제'는 여러 감정을 뭉쳐서 새롭게 만든 별사탕이고, 7가지의 감정을 대표적으로 만들어 사용하고 있지."

'감정 증폭제'는 다시 말해 감정 표현이 억제된 현대인들이 쉽게 감정을 표현할 수 있도록 도와주는 별사탕이라고 했다. 감정이 크면 클수록 얻을 수 있는 별사탕의 양도 무한대로 늘어나기 때문에 모두에게 '윈윈'이라고 했다. 예를 들면, 노란 별사탕은 긍정의 집합체로 즐거움, 행복, 환희 등의 감정을 증폭시켜주고, 빨간 별사탕은 '화'의 집합체로 증오, 분노, 시기 등의 감정을 증폭시켜준다고 했다. 그렇게 7종류가 있으며 이는 내가 처음 버는 별사탕으로도 충분히 살 수 있다고 했다. 그런데 저 아저씨는 왜 갑자기 말을 놓는 거야?

"음, 이제 내가 가르쳐줄 건 끝난 것 같은데. 내 역할은 여기까지야. 이제 내일부터 알아서 일 시작하면 돼. 나를 더 찾아오지는 말고. 난 무진장 바쁘니까. 오늘은 이만 들어가서 쉬고. 아, 집은 무상제공이야. 당신 이름에 따라서 구역이 나뉘어 있으니까 알아서 찾아가면 되고 내일부터 당신이 일하고 싶은 자리에 가서 시작하면 돼. 전혀 어렵지 않아. 여기는 지정 좌석이 아니고 다 자율이야. 매일 옮기면서 다녀봐. 마음에 드는 곳이 있으면 그때 정착하면 돼. 당신 딱 30분 만에 모든 걸 다 깨우쳤다고. 얼마나 놀라워? 맞지? 자, 이제 가서 쉬어. 내 일할 시간 뺏지 말고! 어, 사이렌이다!"

갑자기 울린 사이렌에 난 너무 놀라 몸이 굳었는데 담당자는 순식간에 자리를 잡더니 약간 흥분한 상태로 집중하기 시작했다. 나는 한번 보고 기억해둬야겠다 싶어 뒤에서 조심스럽게 지켜봤다.

화면에 나온 사람은 대학생처럼 보였다. 그리고 그 학생이 있는 장소는 발표장인 것 같았다. 발표순서가 얼마 남지 않은 듯 학생의 얼굴은 잔뜩 찡그려 있었고 식은땀까지 흘리고 있었다. 덩달아 나도 손을 꽉 쥐게 되었고, 곧 땀이 송골송골 맺혔다. 담당자는 이내 고심하더니 '초록색'의 감정 증폭제를 깔때기 속으로 쏟아부었다. 화면 속에서 담당자가 뿌린 초록색 가루가 흩날렸다. 그러자 학생은 곧 평온해진 듯 밝아진 표정으로 당당하게 발표하러 일어섰고 멋지게 끝내고 들어왔다. 담당자는 놓치지 않고 끈끈이를 넣었다. 그 순간 별사탕이 들어오는 소리가 들렸다. 예쁜 초록색 계열의 별사탕이 쏟아져 내렸다.

"우와…"

나는 뒤에서 작은 감탄사를 내뱉었다. 문득 얼마 전에 있었던 교양수업 팀플 발표 시간이 생각났다. 가위바위보로 발표할 사람을 정했는데 하필 내가 걸렸다. 운도 지지리도 없지. 나는 내가 발표하게 된다면 다 망칠 거라고 주장했지만, 팀원들은 잘할 수 있을 거라며 나한테 떠넘겼다. 그 수업은 교수님이 깐깐하기로 유명한 수업이었다. 나는 떨리는 마음을 진정시키고 발표를 시작하긴 했지만, 예상대로 교수님은 나를 신랄하게 까댔으며 당황한 나는 발표를 그대로 말아먹었다. 자리로 돌아오는 나에게 애써 웃는 표정을 지어주던 팀원들의 얼굴이 떠올랐다.

"나는 발표를 왜 저렇게 해내지 못했을까…?"

나의 혼잣말을 들은 담당자는 뒤를 돌더니 나를 쳐다봤다. 나는 그 시선에 응하듯 담당자한테 물었다.

"어떻게 그 짧은 순간에 초록색 별사탕을 넣으셨나요? '감정 증폭제'는 똑같은 감정을 풍부하게 만들어 주는 것이 아니었나요?"

"감정 증폭제는 말이지. 그 사람이 지금 느끼고 있는 감정을 증폭시켜주는 역할도 하지만 반대로 그 감정이 좋지 않을 때는 다른 감정으로 바꿀 수도 있어. 말 그대로 다른 감정을 폭풍처럼 밀어주는 거야. 그럼 이기지 못할 감정은 없지. 난 어두운 색 따윈 필요 없어. 그건 가치가 별로 없거든."

말은 그렇게 했지만, 그 순간 용기를 불어넣어 준 담당자의 선택 덕분에 학생은 트라우마로 남을 뻔한 경험을 극복할 수 있었다. 아마 다음 발표 때는 굳이 감정 증폭제를 쓰지 않아도 멋지게 해낼 것이다. 나는 나한테 다짜고짜 반말하고 제대로 가르쳐주지도 않는 담당자를 미워할 뻔했으나 방금 약간 존경스러웠다. 프로는 프로였다.

담당자는 본인의 역할이 끝났다고 했다. 근데 나는 자신이 없었다. 제대로 알아듣지도 못했을뿐더러 아직 이곳이 어색하기만 했다. 나는 집이라는 곳을 찾아가는 와중에도 너무 걱정됐다. 하지만 그 숨 막히는 회사를 찾아가서 담당자한테 다시 알려달라고 할 용기는 나지 않았다. 이곳에 온 이후로 처음으로 느껴지는 갑갑함이었다.

나는 내 집이라는 곳에 찾아 들어가 침대에 바로 누웠다. 집은 아까 사장님하고 대화할 때 내 자취방과 똑같이 만들어 달라고 했다. 덕분에 집에 들어오니 느껴지는 익숙한 분위기에 조금 편안해졌다. 배는 고프지 않았고 긴장을 많이 했는지 침대에 눕자마자 나도 모르게 눈이 감겼다. 잠들기 직전에, 다가올 내일이 두렵다고 생각했다. 하지만 '어떻게든 되겠지'라는 생각이 금방 머릿속을 덮었다. 마음은 조금 편해졌지만, 여전히 내 심장은 조용히 쿵쾅거리고 있었다. 그렇게 나는 '감정적'에서의 첫날을 보냈다.

4

앤과의 첫 만남과
도담의 눈물

이 세계에 들어온 둘째 날, 나는 침대에 누워 회상을 마친 뒤 고민하기 시작했다.

"아, 일을 해야 한다고 했는데…"

이 세계에서 머무를 수 있는 조건은 단 하나 '감정적'에서 일하는 것. 담당자라는 사람은 첫날 일하는 방법을 알려주고는 더 이상 찾아오지 말라고 했다.

"그럼 담당자라고 부를 필요도 없을 것 같은데…"

나는 멍하니 누워있기 뭣해서 몸을 일으켜 창문 너머를 쳐다봤다. 티끌 하나 없이 맑은 날의 푸른 하늘이 보였고, 기분 좋은 바람이 부는 듯했다. 바람은 보일 듯 안보일 듯 분홍색이었으므로 누군가가 행복 바이러스를 뿌려놓은 것 같았다.

길가는 온통 푸른 잔디밭이었고 사람들의 집은 각자의 개성이 넘쳐 형형색색을 이뤘다. 각자의 집 바닥 색깔은 기분을 나타내는 듯 선명한 색깔로 표현되었고 사람들이 지나간 자리에는 발자국이 각자의 색깔을 요란히 뽐냈다가 사라졌다. 그중 단연 돋보이는 것은 우리들의 직장 '감정적'이었으며 아름다운 무지개색이 조화롭게 빛났다. 처음에는 놀라서 멍하니 쳐다봤지만, 이후는 너무나 아름다워 가만히 바라봤다. 이렇게 다양한 색깔을 본 게 얼마 만인지, 온통 회색빛이던 우리 동네와는 다르게 여기는 모든 사물이 숨 쉬듯 활기차 보였다. 그렇게 한참을 구경하다 누군가가 나를 부르는 소리에 정신을 차릴 수 있었다.

창문 너머, 소리가 들리는 쪽으로 고개를 돌리자 그곳엔 보자마자 '따뜻함'이 떠오르는 여자가 서 있었다.

"안녕하세요. 처음 뵙네요. '저 너머 세계'에서 어제 오셨나요?"

"아… 네."

"그럼 지금 한창 혼란스럽겠어요. 저도 그랬거든요."

'저 너머 세계'란 내가 있던 현실 세계를 말한다고 했다. 이 여자분은 나를 향해 싱긋 웃으며 자연스럽게 말을 걸었다. 그 모습을 보며 나는 지금껏 시끄럽던 마음이 잠재워지고 있다는 걸 알았다.

"저도 처음에는 이상하다고 생각했지만 그런 생각을 하기엔 이곳이 너무 아름답지 않나요?"

나보다는 나이가 약간 많아 보이는 이 여자분은 자연스럽게 말을 이끌었다. 나는 항상 사람들과 말이 두, 세 번 오가면 끊겼으므로 대화 자체를 어려워하는 편이었다. 특히나 모르는 사람하고 이야기할 때는 더더욱. 그래서 사람 기피증이 생겼는데, 그런 나에 비해 이 사람은 대화를 나누는 것이 무척이나 자연스러워 보였다.

"특히 이곳의 밤은 너무나 아름다워요. 사막 가보셨나요? 그런 곳에서만 볼 수 있는 은하수를, 아니 은하수보다 더 아름다운 밤하늘을 이곳에선 매일같이 볼 수 있답니다. 그 순간이면 평생 이곳에 있고 싶다는 생각도 들어요. 너무 주책인가요?"

자신을 옆집에 사는 이웃이라고 소개한 이 사람은 나한테 '앤'이라고 부르라고 했다. 나는 바로 앤이라고 부르기 어려워 '님'을 붙여 '앤 님'이라고 부르기로 했다. 이분은 친절했다. 과하지는 않고 딱 적당히. 내가 궁금한 것들을, 궁금할 법한 것들을 친절히 알려주는 사람이었기 때문에 담당자한테 휘몰아치며 배웠던 모든 내용을 다시 복습할 수 있었다. 나는 일을 잘 해내야 한다는 강박이 있는 사람이라 이제야 안도의 한숨을 쉴 수 있었다.

'감정적' 건물에 처음 들어갔을 때 궁금했던 많은 문은 다 근무지로 통하는 문이었다. 이곳은 앤 님의 말에 따르면 자율좌석이라 아무 곳에서나 일할 수 있는데 원한다면 한곳에 쭉 머무르는 것도 가능하다고 했다. 담당자에게서 얼핏 들은 것 같기도 한데 기억은 잘 나지 않았다.

처음 며칠 동안은 앤 님을 따라다니며 일하는 법을 배웠다. 친절한 앤 님은 이번에도 나를 배려해 본인의 지정석 말고 여러 군데를 같이 다녀줬다. 내가 이 세계에 들어온 두 번째 날에는 에메랄드빛 바닷가 앞, 세 번째 날에는 드넓은 초원의 한가운데, 네 번째 날에는 덥지 않은 모래사막의 오아시스 옆, 다섯 번째 날에는 앤 님의 지정석이 있는, 꽃으로 둘러싸인 정원에서 일할 수 있었다.

여행을 많이 다녀보지 못했다는 나의 말에 앤 님은 여러 좋은 장소들을 소개시켜 줬지만, 마음에 드는 곳은 없었다. 그래서 앤 님의 근무지에서 일하고 싶었다.

3일째 되는 날에는 갑자기 관리자님이 나를 찾아왔다. 나는 정신이 없던 터라 관리자님이 찾아온다는 사실을 까맣게 잊고 있었고, 아직 아무 성과도 없던 나는 당황해서 그를 빨리 돌려보냈다. 생각해보면 내가 어딨는지, 어떻게 알고 찾아왔는지도 의문이었다. 왠지 내가 무능력한 사람이라는 것을 들킨 기분이라 부끄러웠는데 나중에 확인해보니까 부끄럼 수치가 조금 올라가 있었다. 미리 시계의 알림음을 꺼둔 게 다행이었다.

처음 앤 님의 근무지인 정원에 들어섰을 때, 이 세계에서는 두 번째로 포근함을 느낄 수 있었다. 그곳은 흰색 울타리와 연두색의 여린 나뭇잎을 가진 나무들이 길을 만든, 장미꽃과 튤립으로 가득

찬 정원이었다. 내가 감탄을 연발하자 앤 님은 천진난만하게 웃으며 어렸을 때 꿈이 공주였다고 말했다. 나는 앤 님이 어린아이처럼 순수한 마음을 가졌다고 생각했다.

"왜 어릴 때 동화책 많이 읽잖아요. 저는 그 동화 속에 나오는 공주들이 너무 좋았어요. 저도 운명의 남자를 만날 수 있을 거라고 굳게 믿었죠."

한껏 가득 피어난 꽃의 향기를 맡던 앤 님이 이어 말했다.

"이곳은 온전히 제힘으로 만든 곳은 아니에요. 원래 끝없이 펼쳐진 초원, 나무가 빽빽한 숲속 이렇게 아무것도 정해두지 않은 기본 틀이 있어요. 그런 기본 장소들을 제 마음대로 꾸밀 수 있답니다. 원래 이곳은 잔디와 잘 손질된 나무가 어우러진 곳이었어요. 이 장미와 튤립은 제가 심고 가꾼 것들이에요. 이곳에서도 씨앗을 파는데 그것을 심고 주황색, 노란색 감정 증폭제를 살짝 부숴서 뿌려주면 씨앗이 성장에너지를 얻어 금세 예쁘고 튼튼하게 자란답니다."

정원의 꽃길을 따라 쭉 올라가니 길 끝에 작은 호수와 정자가 있었다. 이 정자가 바로 앤 님의 근무지였다. 호수와 정자는 장미와 튤립이 발산하는 화려함과 잘 어울리면서도 주변을 차분하게 만드는 오묘한 매력이 있었다. 내가 정자에 홀린 듯이 다가가자 앤 님이 말했다.

"이곳은 어떤 것도 될 수 있으니까, 어떻게 꾸미면 좋을까 고민 많이 했어요. 처음엔 한옥으로 지어진 궁궐 아니면 서양식 궁전을 지어야겠다고 생각했는데 별로 마음에 들지 않더라고요. 그래서 하얀색 울타리 가득 제가 제일 좋아하는 꽃인 장미와 튤립을 심어놓고, 고즈넉한 정자를 하나 지었어요. 아무리 아름다운 곳이라도 그곳에 혼자 있으면 무슨 의미가 있겠어요. 아, 이 정자는 특별히 사장님한테 부탁드려서 지은 거예요. 사장님이 우리 집들도 다 지어주신 거 아세요? 사장님은 상상을 실현시킬 수 있는 분이거든요. 이곳에서 아주 특별한 존재예요."

나는 앤 님을 따라 정자의 한구석에 자리를 잡았다. 이곳은 신기하게도 내가 일할 마음을 먹으면 담당자의 책상에 있던 모든 기계가 내 앞에 나타났다. 나는 떨리는 마음으로 화면을 켜고 감정 증폭제와 끈끈이를 손이 잘 닿는 위치에 올려 두었다.

앤 님의 도움으로 요 며칠 연습하긴 했지만, 마음처럼 잘 되지는 않았다. 한번은 이별의 슬픔을 겪는 여자에게 실컷 마음에 쌓인 화를 풀어내라고 빨간색 감정 증폭제를 넣어주었더니 여자가 갑자기 발악하며 베개를 마구 주먹으로 치기 시작했다. 그리고는 검붉은색의 별사탕이 쏟아졌는데 앤 님이 보더니 별사탕 상태가 좋지 않다고 이 별사탕은 폐기 처분될 것이라고 했다. 색이 선명하고 투명할수록 순수한 상태의 감정 에너지이기 때문에 가치가 높지만, 불투명한 것들은 여러 감정이 뒤섞여 색이 혼합돼버려 사용할 수 없다고 했다.

"별사탕이 검붉은색인 이유는 분노의 감정을 일으키는 빨간색 감정 증폭제에 후회나 자제하지 못한 자신에 대한 원망이 섞여 있어서 그럴 거예요. 즉, 본인은 화를 내고 싶지 않았던 거죠. 본인이 원했던 감정이 뚜렷해질수록 다른 감정은 섞이지 않은 하나의 감정 에너지를 발산해 순수한 에너지의 별사탕을 얻을 수 있어요. 지금은 처음이라 괜찮지만 오래도록 반복된다면 아마 사장님이 호출하실지도 몰라요."

남의 불행이 제일 재밌다고 하던가. 사장님이 호출할지도 모른다고 말하면서 앤 님은 까르륵 웃었다. 나는 일을 제대로 완수하지 못했다는 자책감도 들었지만, 굳이 경험하지 않아도 되는 감정을 불러일으킨 것은 아닐까 여자분한테 죄송한 마음이 들었다.

사실은 나도 새내기 시절 애인한테 차였던 경험이 있다. 알바하다가 우연히 만난 사람이었는데 본인이 바람을 피웠으면서 그 이유를 내 탓으로 돌렸다. 내가 보여주는 애정과 사랑이 부족했다고 말했다. 울고불고하며 어떻게 나를 두고 바람을 피울 수 있냐고 묻던 내게, 그 사람은 달래주는 듯하더니 며칠 후에 이젠 지친다고 헤어지자고 했다. 나는 그 누구라도 헤어지는 게 더 끔찍하다고 생각했다. 그래서 붙잡았지만, 그는 한 치의 망설임도 없이 나를 떠나고 말았다. 지금 생각해보면 붙잡고 싶을 정도로 크게 사랑하지는 않았던 것 같은데, 사람이 주는 따뜻함과 안정감을 맛봐서 그랬던 걸까. 나는 그렇게라도 누군가를 곁에 두고 싶어 했던 것 같다. 크게 외로웠다. 물론 지금도 그렇지만.

"저도 헤어진 경험이 있어서 그런지 저분한테 너무 미안해요. 저도 생각해보니까 제 마음속에 있던 그 사람에 대한 원망이 저를 더 엉망으로 만들었던 것 같아요. 그래서 더 떨쳐내기 어려웠어요. 저한테 실망도 많이 했고요. 그때 제 주변엔 아무도 없었거든요. 그 사람마저 없어지면 세상에 정말 혼자가 될까 봐 무서웠어요."

엄마같이 따뜻하게 나를 위로해주는 앤 님 품에서 나는 엉엉 소리를 내고 울었다. 근 몇 년 만에 내 마음을 털어놓은 상대였다. 그동안 내 마음을 어디 말할 곳이 없어 나는 점차 말수가 줄었고 친구들과의 약속을 잡을 수 없었다. 최근에 비대면 수업으로 전환된 뒤부터는 나의 세계로 문을 두드리는 사람이 아예 없었다. 그렇게 나는 혼자 병들어가다가 이 세계에 들어왔다. 나의 감정 게이지는 조금씩 요동치기 시작했다.

나는 한참을 울고는 갑자기 이 상황이 어색해져서 슬그머니 일어나 자리로 돌아갔다. 앤 님은 아무 말 없이 나를 보내줬고 우리 둘은 서로의 일에 집중하기 시작했다. 이번에도 실연의 아픔으로 울고 있는 남자가 화면에 나타났다. 앤 님은 내가 초보이기 때문에 처음에 제대로 수행하지 못했다면 비슷한 상황의 사람들이 연달아 나타날 것이라고 했다. 일종의 수습 기간이었다. 나는 차분히 주황색 감정 증폭제를 조금씩, 정성을 담아 뿌렸고 이내 잠을 이루지 못하던 남자의 눈물이 줄어들더니 금방 잠들었다. 그리고 그 모습을 보며 긴장이 풀린 나는 멍하니 바라보다 끈끈이를 넣는 타이밍을 놓쳤다. 마지막에 가까스로 넣었으나 소량의 별사탕이 도착할 뿐이었다.

"잘하셨어요. 시작한 지 며칠밖에 안 된 것치고는 괜찮은 선방이에요. 끈끈이는 화면에 사람들의 감정 에너지가 꽉 찰 쯤에 넣는 게 좋아요. 이제는 끝까지 방심하면 안 되겠죠?"

"네, 다음번에는 꼭 잊지 않고 넣을게요. 아까 위로해주셔서 감사했어요. 사실 위로가 필요한 건 저였나 봐요. 근데 이번엔 경험이 있어서 어떤 감정 증폭제가 필요한지 알았는데 제가 경험하지 못한 상황이 나오면 어떡하죠?"

"걱정 말아요. 정말 신기하게도 본인이 공감할 수 있는 상황이 주로 나와요. 그리고 혹시나 확신이 서지 않을 때면 그 사람이 스스로 감정을 이겨낼 수 있도록 지켜보는 것도 괜찮아요. 그렇게 한 사람을 쭉 지켜보다 보면 어느 순간에 자신의 감정처럼 동화되는 순간이 올 거예요."

"감사합니다. 아직 잘 모르겠지만 말씀 잘 새겨둘게요."

나는 아직 일이 손에 익지 않았지만, 차근차근히 해 나가고 있었다. 그렇게 어려운 일은 아니지만 나는 혼자 지낸 지 꽤 오래된 터라 다른 사람의 감정을 공감하기까지 충분한 시간이 필요했다.

5

착한 아이와
유리조각

'감정적'에서 지내는 것이 꽤 익숙해질 무렵이었다. 나는 요즘 항상 앤 님과 출퇴근을 같이하고 있다. 내가 앤 님한테 원래도 이렇게 같이 다니는 사람이 있었냐고 묻자 앤 님은 다 같이 두루두루 친하게는 지내도 이렇게 단짝처럼 붙어 다니는 사람은 처음이라고 했다. 나는 그 말을 듣고는 내가 누군가의 소중한 사람이 된 것 같아 괜스레 기분이 좋아졌다. 그래서 앤 님한테 그 누구보다도 잘해주고 싶다고 생각했다.

하지만 나는 뭐 하나 제대로 할 줄 아는 게 없었다. 아직도 일이 익숙하지 않은 건지 '감정 증폭제'를 넣는 일이 너무 어렵게만 느껴졌다. 하루에도 몇 번이나 사람들을 마주하지만, 대게는 그 상황을 조마조마하게 지켜보다가 이상한 감정 증폭제를 집어넣거나 끈끈이조차 제대로 못 넣는 경우가 허다했다. 나의 무능력한 모습에 앤 님이 나를 싫어하게 될까 무서웠다. 그렇게 불안불안한 하루를 보내던 어느 날, 앤 님이 먼저 말을 꺼냈다.

"담이 씨, 요즘은 일하는 거 어때요?"

나는 다소 진지한 앤 님의 표정을 보고 마음이 한층 더 무거워졌다. 어떤 얘기를 꺼내려는 걸까. 내가 저번에 끈끈이를 제대로 못 넣었던 거? 아니면 저번에 내가 상황을 더 망쳐버린 일? 나의 마음은 불안과 혼란, 그리고 나에 대한 불신이 가득해 앤 님의 물음에 쉽게 대답할 수 없었다.

그런 나의 모습을 지켜보던 앤 님은 나를 자신의 옆자리로 불렀다.

"지금 담이 씨 마음속에 있는 시끄러운 생각들이 왜 생겼는지 아세요?"

귀에 들어오는 다정한 물음에 나는 용기를 내 고개 들어 앤 님의 눈을 쳐다봤다. 나와 눈이 마주치자 앤 님은 시선을 화면으로 돌렸고 나 역시 그녀의 시선을 따라갔다.

그녀의 화면 안에는 초등학교 저학년처럼 보이는 아이들이 떠들썩하게 뛰어놀고 있었고 그 중심엔 홀로 앉아있는 아이가 있었다.

"이 아이는 제가 요 며칠 동안 계속 지켜보고 있어요. 제가 알아낸 건 전학을 온 지 얼마 안 된 아이라는 것이고, 부모님이 바빠 아이는 매번 혼자 집에 가는 것 같았어요."

나는 뜬금없이 시작된 설명에 앤 님이 왜 지금 이런 말을 하는지 궁금했지만, 우선은 그녀의 말에 집중했다.

"물론 전학 왔다고 해서 모두가 다 친구 사귀기를 어려워하는 것은 아니지만 이 아이는 제가 보기에 먼저 말을 걸 만큼 적극적인 성격은 아닌 것 같아요."

내가 보기에도 아이는 열심히 뛰어노는 친구들을 부러운 듯이 쳐다볼 뿐 그 이상의 행동을 취하지는 않았다.

"대신에 수업 시간에 짝꿍이 지우개를 빌려 달라하면 빌려주고, 하나밖에 없는 색연필을 빌려 달라하면 빌려줘요."

"착하네요…"

나의 대답에 앤 님은 그제야 화면에서 시선을 떼고 나를 쳐다보며 말했다.

"저는 담이 씨가 꼭 이 아이 같아요."

"네? 제가요?"

"네, 이 착하고 여린 아이같이 사랑스럽지만, 위태로워 보여요."

나는 더 이상 말을 할 수 없었다. 그때 화면 속 아이 곁으로 누군가가 다가왔다. 안녕. 우리랑 같이 놀래? 라고 말하는 친구 앞에서 아이는 우물쭈물 쉽게 대답을 하지 못하고 있었고 앤 님은 노란색의 개나리같이 예쁜 별사탕을 몇 개 집어 깔때기 속으로 넣었다. 그러자 아이는 약간 상기된 표정이 되어 응, 좋아! 라고 말했고 그들은 손을 잡고 놀러 나갔다. 앤 님은 끈끈이도 넣지 않고 그 모습을 화면이 사라질 때까지 한참을 쳐다봤다.

나도 그 옆에서 앤 님이 다시 입을 열 때까지 가만히 그 모습을 지켜봤다. 아이의 모습이 사라지자 앤 님은 옆에 있는 나를 잠시 잊은 듯이 깜짝 놀라며 미안하다고 했다.

앤 님은 나에게 산책하자고 했고 나도 흔쾌히 응했다. 우리 둘은 말없이 걷다 화려한 꽃 사이에 핀 작은 들꽃 하나를 발견했다. 작고 귀여운 계란 프라이처럼 생긴 꽃이었다. 이번에는 내가 먼저 말을 꺼냈다.

"이 꽃, 아까 그 아이 같아요. 작고 귀여워서."

"맞네요."

"아까 저한테 그 아이 같다고 하신 이유가 뭔가요…?"

그 말을 하며 어쩐지 나는 앤 님을 쳐다볼 수가 없었다. 아까 앤 님이 말했던 '위태롭다'는 단어가 내 마음을 다시금 무겁게 했다. 앤 님은 말을 고르는 듯 잠깐 아무 말 없다가 입을 열었다.

"일단은 아까 제대로 설명도 하지 않고 끊어서 미안해요. 저도 누군가에게 위로의 말을 건네는 게 어색한 사람이라 어떻게 마무리하면 좋을지 생각을 미처 못했어요. 하지만 저는 담이 씨가 정말 좋은 사람이라고 생각하기 때문에 조금만 덜 힘들었으면 좋겠어서 꺼내는 말이에요."

나는 그 말에 조금 안심이 되었고 나를 '좋은' 사람이라고 말해주는 앤 님한테 고마웠다.

"그 아이에게 다가오는 친구들이 꽤 많았어요. 그럴 때마다 저는 아이의 마음에서 같이 놀고 싶다는 감정을 느꼈고, 아까처럼 노란색 감정 증폭제를 조금씩 뿌렸어요. 그러면 그 아이는 친구들과 기쁘게 놀러 나가곤 했어요. 하지만 다음날만 되면 다시 혼자 있더라고요."

아까도 아이는 혼자 덩그러니 교실에 앉아 있었다.

"무엇이 아이를 혼자 두게 했을까 고민되고 걱정도 됐어요. 제가 해줄 수 있는 건 감정 증폭제를 넣어주는 것 그리고 아이의 감정을 같이 느껴주는 것뿐이니까 계속 지켜보기로 한 거예요. 그러면서 제 머릿속에 떠오른 점이 하나 있어요."

앤 님은 자세를 바로 하고 다시 천천히 걷기 시작했다.

"아이는 무서웠던 것 같아요. 어제 같이 놀았던 친구들에게 다가갔다가 자기랑 같이 놀기 싫다고 하면 상처받을 테니까 누군가가 자신을 원할 때까지 가만히 있는 거예요. 아직 아이한테 조급하지 않아도 된다고 말해줄 사람이 없었겠죠."

앤 님은 잠깐 멈추고는 다시 이어 말했다.

"담이 씨도 마음이 불안하고 무서운 것 같아요. 이렇게 하면 나를 싫어하지는 않을까 어떻게 하면 미움받지 않을까를 생각하느라 여유가 없어 보여요. 잘 해내고 싶다는 마음보다, 일을 제대로 못 하면 다른 사람들이 나를 어떻게 볼지가 더 신경 쓰이지 않나요?"

나는 정곡을 찔린 것 같은 마음에 차마 고개를 들 수 없었다.

"이곳은 마음이 텅 비어버린 사람들이 오는 곳이에요. 누구도 다른 사람에게 상처 주고 싶어 하지 않아요. 이미 본인도 다 겪어 봤으니까요."

앤 님은 나의 침묵에도 괜찮다는 듯 다정하게 말을 이었다.

"그 아이는 분명 또 다른 친구들과 놀면서 알게 될 거예요. 자신이 얼마나 가치 있는 사람인지를. 그리고 관심과 사랑으로부터 자신을 사랑할 수 있는 용기를 얻어낼 수 있다는 사실을. 저는 비록 아이 옆에서 지켜볼 수밖에 없지만, 그 아이가 얼마 후면 제 화면에 나타나지 않을 것이라는 걸 믿어요. 아이는 빨리 배우니까요."

나는 이때 앤 님이 나에게 마지막으로 했던 말이 평생 내 마음속에 남아있을 것 같다고 생각했다.

"마음을 편안하게 먹고, 지금, 이 순간 느낄 수 있는 것에 집중해봐요. 제가 당신에게 베푸는 사랑을 불안하게 생각하지 말아요. 그러면 다른 사람이 아니라 담이 씨 자신이 보일 거예요. 마음의 소리를 듣고 하고 싶은 대로 움직이세요. 당신 안에 또 다른 당신이 기다리고 있을 테니까요."

☙ ☙ ☙

"조금 이른 감이 있지만, 신기한 물건 하나를 보여줄게요."

앤 님은 그 이후로도 나를 변함없이 대해줬다. 앤 님과 대화할 때면 나는 이상하게 깊은 이야기를 꺼낼 수 있었고, 앤 님도 나를 위한 조언을 아끼지 않았다. 나는 쓸데없이 먼저 불안해하지 않기로 약속했고 지금은 내가 존재하는 아름다운 세계를 충분히 누려보려고 노력했다.

여느 때처럼 일상을 보내던 앤 님은 서랍 한구석에서 유리 조각 하나를 꺼냈다. 그 유리 조각은 다이아몬드처럼 빛나면서도 모난 곳 하나 없이 매끄러웠다.

"이게 뭔가요?"

"이건 '공감의 응집체'예요. '공감'이란 다른 사람의 마음에 '나도 그렇다'라고 말할 수 있는 능력을 말해요. 저희는 화면을 사이에 두고 '저 너머 세계'에 있는 사람들과 마음을 나누지만, 그들을 직접 위로할 수는 없어요."

"'공감의 응집체'라면 이 유리 조각을 사용하면 '공감'을 할 수 있다는 건가요?"

"이런 말 들어본 적 있나요? '내 안에 들어오지도 않았는데 어떻게 나를 그렇게 잘 알아?'라는 말이요."

"아, 가끔 들어본 것도 같아요."

"이 유리 조각은 우리가 관리하는 사람한테 가까이 갈 수 있게 해줘요. 바로 화면 안으로 들어갈 수 있게 되는 거예요."

"화면 안으로 들어간다고요?"

나는 앤 님의 이야기를 들으며 놀라움을 금치 못했다. 왜냐하면, 그것은 차원을 넘나드는 일이지 않나?

"네, 이 유리 조각을 화면에 가져다 대고, 진심으로 그 사람을 위한 마음이 통한다면 '저 너머 세계'로 갈 수 있는 길이 열려요. 그리고 마치 저희가 영화 속에 들어가는 것처럼 화면 안으로 들어갈 수 있게 되는 거예요."

"와, 정말 신기해요. 앤 님도 사용해보셨나요?"

나의 물음에 앤 님은 고개를 가로저었다.

"보통은 이 세계에 머무르며 한번 사용할 수 있어요. 물론 사장님한테 특별임무를 받은 사람들은 숨 쉬듯 사용하지만, 대개는 딱 한 번 사용해요. 저도 아직 그 정도로 간절한 경험을 해보지는 않았어요."

"아, 그렇군요. 다녀온 경험을 물어보고 싶은데 아쉽네요. 그런데 특별임무를 받은 사람이라니요? 그런 사람들이 따로 있나요?"

이 세계에서 특별한 일이라는 건 뭘까? 누구보다 따뜻한 세상에서도 '선택'받는 우월한 사람들이 있는 걸까? 내 표정이 심각해 보였는지 앤 님은 귀엽다는 듯이 바라보며 웃었고 곧바로 나의 오해를 풀어줬다.

"이곳은 특별한 세상이기 때문에 처음 들어오는 사람들은 적응하기가 어려워요. 그들에게는 그저 낯선 장소일 뿐이니까요. 그래서 그런 사람들은 관리하고 안내해줄 사람이 필요한데, 그분이 관리자님이에요."

"아, 그러면 관리자님은 저처럼 처음 오는 사람에게 이 세계를 알려주고 사장님한테 데려다주는 그런 일만 하시는 건가요?"

"네, 맞아요. 그분의 '일'은 바로 그런 것들이에요. 그리고 또 한 가지 도움이 필요한 사람들이 있어요."

"도움이 필요한 사람들이요?"

"네, 이곳에 들어오기만 하면 모든 관리는 관리자님이 담당해요. 하지만 그건 이 세계에 들어와야만 가능한 일이에요. 들어오지 못한다면 관리자님도 어떻게 할 수 없어요. 그래서 감정이 비었지만, 이 세계에 들어오지도 못하고 '저 너머 세계'에서 방황하는 자들을 이곳으로 안내해주는 사람들이 있어요. 그리고 그자들은 유리 조각을 자유자재로 사용하죠!"

"아, 확실히 도움이 필요하겠어요. 그럼 그분들은 누구예요? 저는 사실 보지 못했어요. 홀린 듯 골목길로 들어온 게 전부였으니까요."

"담이 씨도 분명히 그분들의 도움을 받았답니다. 도움 없이 이곳을 찾아오기란 정말 어려운 일이니까요."

"네? 전 근데 정말 누가 데려오지 않았는걸요?"

나는 말을 하는 와중에도 계속 생각했다. 누가 날 도와줬나? 골목길을 걷던 그때를 다시 떠올리니 어딘가 찜찜한 기분이 들었다.

"자, 오늘은 여기까지! 이제 퇴근 시간이에요."

계속 머리를 굴리고 있는 나를 가만히 보던 앤 님은 갑자기 벌떡 일어나더니 퇴근 시간이라고 했다. 나는 그 소리에 아차! 소리를 내며 시계를 봤다.

"어쩌면 좋아. 저 때문에 오늘도 늦은 시간까지 일하셨네요."

앤 님은 나와 일을 같이 하면서부터 퇴근 시간이 늦어졌다. 보통 '일'에 익숙하지 않은 나를 도와주기 위해서, 혹은 여러 이야기를 나누면서 시간이 지체됐는데 나는 남의 시간을 뺏었다는 사실에 항상 미안했다. 그래서 같이 일할 때면 시간이 얼마나 흐르는지 계속 주시하곤 했는데 하필 집에 갈 시간만 되면 이야기가 무르익어 매번 시간을 놓치게 되는 것이었다.

"자, 제가 베푸는 친절을 미안하다고 생각하지 말아요. 전 괜찮아요. 이렇게 오랜만에 마음 맞는 사람을 만나 대화를 나누니 얼마나 기쁜지 몰라요."

나의 사과에 앤 님은 단호하게 말했다. 나는 아차 싶어 미안한 마음을 고마운 마음과 꼭 이 고마운 마음을 갚겠다는 의지로 바꿔냈다. 신기하게 이렇게 생각하자 나는 이런 친절을 받을 수 있는 사람이구나, 앤 님과 마음이 잘 맞는 사람이구나라는 생각도 같이 할 수 있었다. 그것은 나를 기쁘게 했다. 앤 님과 함께 있으면 나의 생각은 항상 좋은 자리를 찾아갔다.

집에 돌아가는 길에 문득 이 세계를 들어올 수 있게 도와주는 사람들, 그리고 그들이 유리 조각을 자유자재로 사용한다는 사실이 불현듯 떠올랐다. 그리고 그들에게 유리 조각을 사용해서 '저너머 세계'에 다녀오는 기분은 어떤지 물어보고 싶어졌다.

"아까 말씀하신 그분들을 저도 만나볼 수 있을까요? 정말 궁금하네요. 유리 조각을 사용하는 기분이."

나의 물음에 앤 님은 그저 생긋 웃었다.

"내일은 일하지 말고 이 세계의 기원을 알아보러 갑시다."

"기원이요?"

"네. 기원을 알면 어떻게 담이 씨가 이 세계로 들어올 수 있었는지, 그리고 그 밖의 궁금했던 부분들이 풀릴 거예요. '폭포의 입구'를 찾아오면 돼요!"

"'폭포의 입구'요?"

"네. 미션이니까 혼자서 잘 찾아오세요! 전 이만 들어가 볼게요!"

앤 님은 그렇게 말하곤 곧장 자신의 집으로 갔다. 나는 '폭포의 입구'를 까먹으면 안 된다는 생각에 집 문을 여는 순간까지 폭포의 입구를 되뇌며 들어갔다.

내가 집의 구조를 자취방으로 해달라고 한 이유는 별거 없었다. 다른 구조를 생각하는 게 꽤 귀찮은 일이었기 때문이다. 나는 돌아오자마자 침대에 누웠다. 이곳에서 가장 마음에 드는 점은 배가 고프지 않다는 것이었다. 그래서 온종일 무언갈 먹지 않아도 괜찮았다. 이건 그동안 끼니 해결에 걱정이 컸던 자취생인 나로서는 굉장히 반가운 일이었다.

앤 님은 퇴근을 늦게 할 때마다 내가 미안하다고 말하면 '나는 이렇게 새로운 사람들을 도와주는 이유가 있다'고 말했다. 나는 그 이유가 뭘까 궁금하면서도 물어보지 않았다. 그 말을 할 때마다 보이는 앤 님의 왠지 모를 쓸쓸한 표정 때문에 더 물을 수가 없었다. 그동안 앤 님은 나의 불안함을 알아보고 내가 느끼는 것을 스스로 정리해서 말할 수 있도록 도왔다. 그 덕분에 나는 그동안 계속 괜찮다고 여겼던 부분들이 사실은 속상했다고 말할 정도로 바뀌고 있었다. 그래서 이제는 앤 님한테 내가 도움이 되고 싶었다. 그녀의 이야기를 들을 때 '공감'하고 위로할 수 있도록 내일도 일을 열심히 해야겠다고 생각하며 잠에 빠져들었다.

환상적인
끈끈이 폭포

　오늘도 어김없이 창문에서 쏟아지는 햇살을 맞으며 일어났다. 이곳에서 일어날 때면 가뿐하고 기분도 좋아 요즘은 아침에 일어나는 게 행복할 정도였다.

　책상 위에는 어제 앤 님이 먹으라고 준 초콜릿이 덩그러니 놓여 있었다. 이곳에서 먹는 두 번째 음식이었다. 포장지에는 '안정' 성분 함유라는 글씨가 적혀있었다. 저번에 관리자님이 줬던 그 사탕과 비슷했다. 그때의 사탕의 맛을 떠올리며 나는 초콜릿을 살짝 깨물었다. 혀에 닿자마자 사르르 녹아내리는 초콜릿은 굉장히 달고, 부드러웠다. 초콜릿의 맛 때문인지 아니면 '안정' 가루가 첨가된 덕분인지 몰라도 먹기 직전까지 마음속에 있던 걱정이 무색할 정도로 편안해졌다.

사실 이 초콜릿은 어제 혼자서 '폭포의 입구'를 찾아오라는 미션을 준 것이 미안했는지 앤 님이 헤어지기 직전에 꼭 내일 아침에 먹으라고 손에 쥐여준 초콜릿이었다. 나한테는 마음을 편안하게 유지하라고 주의를 주던 사람이 정작 긴장할 일을 준 것이 어지간히 신경 쓰인 모양이었다. 나는 어제 초콜릿을 건네던 앤 님의 모습을 떠올리고는 슬쩍 웃었다.

　혼자 찾아가야 했으니 얼마나 오래 걸릴지 몰라서 30분 정도 일찍 나왔는데 생각보다 쉽게 '폭포의 입구'까지 갈 수 있었다. 아무래도 처음 가는 길이다 보니 사람들한테 물어물어 찾아갈 수밖에 없었는데, 물어보는 사람마다 친절하게 알려줘서 잘 도착할 수 있었다. 처음 보는 사람한테 말을 걸 수 있었던 용기는 아마 초콜릿이 준 것 같다. 그렇지 않았으면 혼자 쩔쩔매면서 길을 헤매고 다녔을 것이다.

　'폭포의 입구'는 '감정적' 마을을 둘러싸고 있는 산의 등산로 중 하나였다. 앤 님을 기다리는 동안 가만히 있기는 아쉬워서 산을 천천히 둘러봤다. 산은 정글처럼 나무가 빽빽하게 자라있었고 겉으로 봤을 때 보통의 산과 다를 게 없어 보였다. 그렇게 천천히 둘러보던 중 앤 님이 도착했다.

　"어머, 잘 찾아오셨네요? 꽤 어려운 미션이었는데 제가 너무 어리게 봤나 봐요."

"에이, 제가 어린애도 아니고 이 정도는 잘 찾아요."

내 말에 앤 님은 생긋 웃었다.

"그러네요. 초콜릿은 드시고 오셨어요?"

"네, 덕분에 맛있게 잘 먹었습니다."

"초콜릿 덕분에 헤매지 않고 잘 오신 거예요!"

"그렇다고 해둘게요. 그럼!"

나도 이제 앤 님한테 어색함 없이 장난기 가득한 말을 할 수 있다.

"자, 이제 올라가 볼까요?"

"좋아요!"

정상까지 올라야 한다고 했으나 오르는 길이 힘들지는 않았다. 대신에 무척이나 아름다웠다. 한 사람만 지나갈 수 있는 좁은 통로였는데 길 양옆으로는 빼곡히 나무들이 자랐고 초록색 잎들이 싱그러움을 더했다. 그리고 나뭇잎 사이로 들어오는 햇빛은 유리 조각을 흩뿌려 놓은 듯 반짝였으므로 길을 걷다 숲길에 매료될 수도 있겠구나 싶었다. 숨을 들이켤 때마다 느껴지는 흙과 풀, 나무 냄새는 그동안 마스크를 쓰며 냄새를 잊고 살았던 내 코에 활력을 불어넣었다.

그렇게 한 걸음 한 걸음 걷다 보니, 어느새 어떤 동굴 입구에 도착해있었다.

"이 동굴이 바로 이 마을의 기원이라고 할 수 있어요. 이 세계에 처음 온 사람들은 이곳을 꼭 들려야 해요. 자, 따라오세요."

동굴은 생각보다 더 깜깜했고 그 깊이를 알 수 없어 무너질까 무서웠다. 하지만 앤 님을 믿고 천천히 들어갔다. 동굴은 들어가자마자 소름이 끼칠 정도로 서늘했고 발소리가 찰박찰박 계속해서 울렸다. 한 5분 정도 걸어가니 출구가 보였고 그곳을 통과했을 때 나는 말로 형용할 수 없을 정도의 아름다운 폭포를 보았다.

"이곳이 바로 끈끈이 폭포예요."

"끈끈이 폭포요…?"

"사장님의 선조께서 이 폭포를 발견하셨어요. 대대로 특별한 능력을 지닌 분들이에요. 처음에 발견하신 분이 이 물질의 이름을 '끈끈이'로 붙였고, 그분의 능력은 이 끈끈이로 감정 에너지를 모으는 것이었어요."

"음… 아주 멋진 이름이네요."

"푸흡 그렇죠? 그분도 사실 이곳 사람은 아니었어요. 이곳에 오면서 숨겨져 있던 능력이 발현된 걸지도 몰라요."

끝을 헤아리기 어려운 높은 곳에서 젤리가 세 줄기로 쏟아졌다. 첫 번째 폭포는 하늘색 투명한 젤리, 두 번째 폭포는 남색의 투명한 젤리가, 나머지 한쪽에선 보라색의 투명한 젤리가 쏟아진다. 각각의 젤리에는 흰색의 셀로판지 조각이 자잘하게 섞인 듯 천장의 조그만 틈으로 쏟아지는 햇살과 만나 쉴 새 없이 반짝거렸다. 세 가지 물줄기를 받은 젤리 웅덩이에는 공기가 섞였는지 기포가 가득했는데 반짝이와 기포의 조합 그리고 세 가지 색의 물줄기가 섞여 푸르면서도 연보랏빛을 띠는 웅덩이는 그 어떤 것과 견주어도 당연 일등이었다. '영롱하다' 딱 그 단어가 형상화된 듯한 느낌이었다. 그 향은 소다와 레몬이 섞인 듯해서 한입 먹어보고 싶을 정도였다. 간간이 웅덩이에는 옅은 분홍색의 투명한 알갱이가 떠다녔다. 그 알갱이는 잔잔한 웅덩이에 빛을 더하듯 아주 조금씩 자신의 존재를 뽐냈다.

"정말 아름다운 폭포예요. 제 인생에 있어서 이렇게 아름다운 건 처음 봐요. 정말 바라만 보고 있어도 황홀해지는 기분이에요."

"정말요? 그렇게 아름답다니 일찍 데려오길 잘했어요!"

"이게 정말 그 끈끈이가 맞나요?"

"네, 맞아요! 저렇게 모여 있어서 예쁜 빛깔을 띨 수 있는 거예요. 실제로 한주먹 집어보면 저희가 보던 투명하지만, 푸른빛이 약간 도는 끈끈이랍니다."

그 말을 듣고 나는 경건한 마음으로 웅덩이 안에 두 손을 넣고 젤리를 퍼 올렸다. 그것은 내가 그동안 봐왔던 끈끈이가 맞았다. 이제 끈끈이를 볼 때면 이 아름다운 폭포를 떠올릴 것 같았다.

"저 알갱이들이 뭔지 알겠나요?"

"아뇨, 음 혹시 별사탕?"

"네, 맞아요. 정말 똑똑하신데요? 저 별사탕은 이곳을 보며 환상적인 기분을 느낀 사람들의 감정 에너지와 끈끈이가 만나 생긴 별사탕이에요. 얼마나 감정이 아름다우면 저렇게 예쁜 색의 별사탕이 만들어질까요?"

"와, 정말 신비로워요. 이곳을 보면 감정이 이렇게 아름다운 색으로 변하는 거네요."

나는 지금까지 아름다운 걸 보는데 흥미가 없었다. 특히 수학여행을 가서 여러 유적지를 보거나 수목원에 가서 다 같이 둘러볼 때면 어찌나 지루하던지 집에 가고 싶다고 생각했다. 근데 지금은 그 자체만으로 아름다운 것들의 매력을 알게 되었다. 내가 한참 동안 폭포를 구경하자 앤 님은 말없이 내가 충분히 즐길 수 있도록 기다려줬다.

"이곳을 처음 온 사람들이 방문해야 하는 이유는 이곳이 생긴 기원을 알기 위해서예요. 이곳은 원래 살던 곳과 많이 다르기 때문에 적응하는 데 어려움을 겪을 수도 있어요. 그래서 이곳이 어떻게 생겨났는지를 말해주고 현실과 그렇게 동떨어진 게 아니란 걸 알려주는 과정을 거쳐요. 제가 이렇게 데려오지 않았어도 분명 누군가에 의해 이곳을 알게 됐을 거예요."

"이곳의 기원은 뭔가요? 사장님의 선조님이 시작인 건가요?"

"원래 이곳은 이렇게 '감정적' 회사가 있지도 않았고 그저 놀고 싶은 어린이들이 상상을 실현하는 곳이었어요. 그 아이들의 순수한 마음이 모여 이곳이 만들어졌고 그들만의 놀이터가 된 거예요. 왜 그런 일 있잖아요. 어렸을 때 기억은 나지 않지만 꿈꾼 것 같은 기분이 들 때, 이곳을 다녀간 거예요. 주로 아이들은 꿈을 통해 방문하기도 하고요. 지금도 그런 공간이 따로 마련되어 있어요. 어린이들만의 놀이터."

순수한 마음으로 이루어진 동심 가득한 어린이들의 공간. 그 이야기를 들으니 이 세계가 아름다운 이유를 알 수 있었다. 확실히 세속적인 마음을 가진 어른들은 이곳과 어울리지 않았다.

"뜻밖에도 이곳에 첫 번째로 발을 들인 어른이 있었어요. 그 이름은 '첫 번째 남자'. 처음 온 사람이라고 별명처럼 붙여진 거예요. 그 첫 번째 남자는 감정이 없는 사람이었어요. 그의 텅 빈 마음을 아이들의 상상이 채웠대요. 울고 웃고 매일같이 정신없이 지내다 보니 비었던 마음은 어느새 가득차 힘들었던 시절의 기억이 점차 잊혀 졌나 봐요."

내가 이곳에 올 수 있었던 이유는 감정이 비었기 때문이구나… 내 마음에는 나쁜 감정 자체가 남아있지 않아서 이 세계는 내가 들어오는 것을 허용해준 것이었다.

"그러던 중 연이은 전쟁과 경제의 악화로 순수한 마음을 잃어버린 아이들은 이곳을 찾아올 수 없었어요. 처음 시작이 그들의 감정 에너지가 모인 것이었으니 더이상 에너지가 모이지 않자 이곳은 점차 무너지기 시작했대요. 첫 번째 남자가 처음 발견했고요. 그가 말하기로, 저 산의 너머는 끝이 보이지 않는 낭떠러지였다고 해요. 아이들은 힘이 없었어요. 첫 번째 남자가 이리저리 돌아다니면서 산 너머가 무너지고 있다고 했지만 그를 도울 수 있는 어린이는 없었어요."

"그렇겠네요. 또 다른 어른은 없었나요?"

"또 다른 어른이 한 명 더 있었어요. 그 이름은 '두 번째 남자'. 그는 첫 번째 남자가 들어온 후 두 번째로 이곳에 도착한 사람이었어요. 둘은 운명적으로 황폐해져 가는 마을의 변두리에서 서로를 발견했고 무너지는 이 세계를 지키기 위해 노력했어요."

"지킬 방법이 있었나요?"

"네, 그들은 무너지는 이유를 찾다가 이 폭포를 발견하게 돼요. 폭포를 본 두 사람은 벅차오르는 감정 때문에 한동안 말을 잇지 못했다고 해요. 마치 당신처럼."

그 둘의 모습이 어땠을지 알겠다는 듯이 그녀는 나를 보며 싱긋 웃었다.

"두 사람의 갈등은 이제부터 시작돼요. 첫 번째 남자는 이곳이 이 세계를 구할 열쇠가 될 것임을 직감적으로 알았고, 이제부터라도 연구를 시작해야 한다고 말했어요. 하지만 두 번째 남자는 우리가 어떻게 아냐면서 차라리 이 폭포가 존재할 동안 현실로 돌아갈 방법을 찾아 이 아름다운 물질을 팔아야 한다고 했고요. 떼부자가 될 수 있다면서."

"현실로 돌아갈 방법이요…?"

"그때는 현실로 돌아갈 방법도 몰랐을 거예요. 두 번째 남자는 그저 아름다움에 눈이 먼 거죠. 그렇게 둘의 사이는 급속도로 나빠졌고 서로 각자의 연구를 시작했어요. 그렇게 첫 번째 남자는 자신만의 특별한 능력으로 끈끈이를 이용해 감정 에너지를 별사탕으로 만드는 데 성공해요. 그 와중에도 감정을 잃은 어른들이 계속 들어왔기 때문에 그 이후로 그는 회사를 차렸고 그 사람들과 함께 현실을 비추는 거울을 만들었어요. 그게 시간이 지나면서 발전되어 지금의 모습을 갖추게 되었죠. 그렇게 현실 세계에서 사람들이 내뿜는 풍부한 감정 에너지를 이곳으로 가져오기 시작하면서 서서히 이 땅을 복구하기 시작했어요."

"두 번째 남자는 어떻게 됐나요?"

"들리는 바에 의하면 그렇게 싸우고 혼자 현실로 통하는 길을 찾으려고 했대요. 첫 번째 남자는 다른 사람들과 협심해서 금방 찾았지만 두 번째 남자는 다른 사람들이 동조하면 자신이 얻을 이익이 줄어들까 봐 혼자서 찾았고 결국에 현실로 통하는 길을 찾았다고는 들었어요. 근데 본인은 나갈 수 없었어요. 왜냐하면 그 사람은 감정을 채우지 못했기 때문이에요."

"감정을 채우지 못했다고요…?"

"네, 이곳을 나갈 방법은 딱 하나 원래 가졌던 여러 감정들을 되찾고 나가는 거예요. 저희는 손목의 가상시계에 20가지 감정 게이지가 있어요. 선조들은 우여곡절 끝에 20가지의 감정을 채우면 현실로 통하는 문으로 나갈 수 있다는 걸 알아냈어요. 그 20가지의 감정은 어떤 것이든 상관없으나 지금은 본인의 성격에 적합한 20가지의 감정이 게이지에 자동으로 배치되도록 개발됐어요. 이 게이지 만든 사람도 사장님의 선조, 첫 번째 남자의 후손이에요. 이 감정들을 수치상 90%씩 채워야 하고, 자신만의 특별한 감정은 그보다 많이, 거의 전부 채워야 해요."

"저만의 특별한 감정이 뭔지 저는 몰라요… 어떻게 하면 알 수 있나요? 자동으로 끝까지 채워지는 걸까요?"

"처음 이곳에 왔을 때 사장님과 면담했죠? 그때 느낀 감정이에요. 그게 본인의 인생에 있어서 가장 소중한 감정이랍니다. 그 감정을 느끼면 돼요. 이곳에서 다시."

내가 느꼈던 감정은 할머니 댁에서 느꼈던 '포근함'이었다. 그게 나의, 내 인생에서 가장 소중한 감정이었다.

"생각보다 쉬울 수도, 어려울 수도 있어요. 하지만 한 가지 분명한 건 억지로 그 감정을 느끼려 한다면 아마 평생 채우지 못할 거라는 거예요. 뭐든 자연스러운 감정이 중요한 거랍니다."

나는 여기까지 듣고 뭔가 엄청난 걸 알게 된 기분이었다. 이상한 세계와 신비로운 사람들, 그들이 지금까지 꾸려온 '감정적'이 대단하게 느껴졌다.

"아, 그렇군요. 머리가 복잡해지는 기분이에요. 당신은 왜 저한테 이 모든 걸 알려주시는 거예요?"

"말했잖아요. 저는 친절해야 하는 이유가 있다고. 저한테 있어서 가장 소중한 감정과도 관련이 있어요. 저를 위한 일이에요. 전혀 부담스럽게 생각할 필요 없어요."

이 세계는 내 생각보다 더 정교했고 세심했다. 누가 만들었는지 모르지만, 이 세계만의 질서가 있고 그 질서는 이곳 사람들에 의해 잘 지켜지고 있었다. 몽환적인 폭포 앞에서 들었기 때문일까? 그 이야기들이 너무 설화 속 이야기 같았기 때문일까? 나의 머릿속은 복잡해졌다. 하지만 나를 괴롭게 하지는 않았다.

"궁금한 점은 앞으로도 생길 테니 너무 걱정하지 말아요. 지금 혼란스러운 게 당연해요. 당신은 하루 만에 23년을 살아온 세계와 떨어져 다른 세상에 온 거니까요. 옆에서 저는 빨리 익숙해질 수 있도록 도와줄게요."

산에서 내려오는 길은 이미 한번 와봤다고 되게 짧게 느껴졌다.

될 수 있으면 이 폭포를 자주 다니고 싶었다. 그만큼 폭포는 나에게 큰 충격으로 다가왔다.

이 세계의 비밀을 알게 된 지금 마음이 이상하게 떨렸다. 왠지 정식으로 세계의 구성원이 된 느낌이랄까? 옛날에 어떤 일이 있었든 나는 할 일을 하면 된다. 이 세계를 살고 있는 건 지금의 나니까.

7
끈끈이 폭포의
아무도 모르는 구멍

산에 다녀온 이후로 나는 매일같이 폭포에 갔다. 아침 일찍 일어나 부지런히 움직여, 쏟아지는 햇빛에 반짝이는 폭포를 보면 마음이 편해졌다. 오늘이면 내가 이곳에 온 지 한 달째가 되는 날이다. 그 말은 즉 관리자님이 또 방문할 예정이라는 것이다.

2주가 되던 날에 나는 '끈끈이' 폭포를 다녀온 황홀감에 취해 있었기 때문에 관리자님한테 그 감상을 늘어놓느라 바빴다. 관리자님은 온화한 표정으로 처음부터 끝까지 나의 말에 집중해줬다.

"아, 관리자님 저 그러고 보니 궁금한 게 있는데요."

"무엇이 궁금하신가요?"

"그… 저… 앤 님이 말씀해주셨는데 '유리 조각'이라고 화면 속 현실로 들어갈 수 있는 물건이 있다면서요?"

"네, 맞아요. 유리 조각은 지금 사장님의 작품이에요."

"유리 조각을 사용하고 돌아오지 않으면 어떻게 되는 건가요…?"

사실 나는 유리 조각의 기능을 알게 된 후 혼자 이런저런 상상을 많이 했다. 유리 조각을 이용해서 저 너머 세계로 들어간 후 다시 돌아오지 않으면 어쩌지? 라는 류의 생각. 이곳에서 나가는 또 다른 방법이 아닌가 싶었다. 그래서 관리자님한테 질문했고 여간 표정이 바뀌는 법이 없던 분이 한번 크게 웃고는 대답했다.

"아주 순진무구한 질문이네요. 사장님의 능력이 대단한 이유는 바로 그 점에 있어요."

"돌아오게 만드는 것이요?"

"네, 사실 이곳에서 '저 너머 세계'로 돌아갈 방법은 딱 하나예요. 바로 감정을 채우는 것. 이건 알고 있죠?"

나는 관리자님의 웃음에 민망해 얼굴이 달아올랐다. 하지만 끄덕이는 것은 잊지 않았다.

"사장님은 유리 조각에 무수히 많은 감정을 모아뒀고, 그걸 사용하고 싶은 마음이 들 때 응집이 풀리도록 했어요."

"아, 그렇다면 유리 조각을 사용할 때는 감정이 최대로 채워진 상태가 되는 건가요?"

"네, 맞아요. 게이지가 고장 날 정도로 무수히 많은 감정을 불러

오게 돼요. 근데 아마 유리 조각을 사용하고 싶을 정도로 간절한 상황이 온다면 이미 그 감정이 상상도 못하게 치솟은 상태일 거예요. 그렇게 일시적으로 감정이 풍부할 때 현실로 들어갈 수 있어요."

"우와, 정말 신기해요. 그러면 돌아오는 건 어떻게 되는 거예요?"

"돌아올 때는 반대로 감정이 없어야 가능해요. 들어갈 때 증폭되기 시작한 감정이 사그라들기 시작하면 일시적으로 유리 조각은 사용한 사람의 모든 감정을 빼앗아요. 돌아오면 원래 채워져 있던 만큼의 감정이 돌아오니까 걱정할 필요 없답니다. 유리 조각은 상황이 해결된 직후 감정을 빼앗아 가니까 도망갈 생각은 말아야 해요. 생각해보면 끈끈이의 기능을 자유롭게 사용할 수 있었기 때문에 만들 수 있었지 않았나 싶어요."

유리 조각의 기능에 대해 상세한 설명을 들으니 정말 신기했다. 이곳은 능력자들이 가득한 것 같다. 끈끈이 하나로 그런 생각까지 도달한 사장님이 정말 멋지다는 생각이 들었다.

"아, 근데 그 앤 님이 말씀하시기로 대부분 한 번 정도 사용한다고 하던데, 여러 번 자유자재로 사용하는 사람들이 있다고 했어요. 그분들은 누구예요? 알고 싶은데 앤 님은 말해주지 않더라고요."

나의 말에 관리자님은 놀라지 말라며 대답했다.

"그 사람들이 무슨 일을 하는지는 알고 있죠? 마음이 텅 빈 사람들이 방황할 때 그 감정을 채울 수 있는 유일한 장소인 이곳으로 안내하는 일이요. 그분들은 '저 너머 세계'에서 이곳으로 사람들을 데려오기 위해 차원을 넘나들 필요가 있어요. 아무리 특수한 상황을 연출해서 이곳으로 안내하려고 해도 '저 너머 세계'의 사람들은, 특히나 감정이 텅 비어버린 그들은 새로운 도전을 주저하거든요."

내 경우에도 그랬다. 나는 새로운 음식은 눈길도 주지 않았다. 가끔 못 보던 가게에 가도 잘 아는 음식만 사 먹곤 했다.

"그래서 어떨 때는 직접 '저 너머 세계'로 가서 그들을 만나 도와줍니다. 혹시 담이 씨도 모르는 사람을 만나지 않았나요? 잘 생각해보세요."

나는 관리자님의 말에 문득 지갑이 떨어졌다며 주워준 사람이 떠올랐다.

"아, 저 지갑 주워준 사람이 있었어요. 그 사람이 처음 보는 골목길로 들어가서 그 길이 있다는 걸 알았어요."

나는 새삼 찾아온 깨달음에 흥분됐다. 아, 그렇구나. 나도 그분들의 도움이 있었기에 이곳에 올 수 있었어.

"정말 신기하네요. 그런 중요한 일을 맡고 계시는 분들이 있다니."

"그 사람이 바로 담당자입니다. 사장님을 뵙고 바로 '담당자'를 만나지 않았나요? 그 사람이 당신을 이곳까지 이끌어준 분이에요."

"네?"

나는 뜻밖의 사실에 너무 놀랐다. 그 불친절의 끝판왕이었던 담당자가?

"말도 안 돼. 제 지갑을 주워준 사람이 저 담당자님이라고요?"

"이곳 사장님이 누구십니까. 상상을 현실로 만들어주시는 분이 잖아요. 없는 것이 없답니다. 모습을 바꾸는 것 정도는 껌이죠!"

"말도 안 돼요. 정말… 이곳은 정말 대단한 곳이네요."

지금까지 쌓아온 담당자님에 대한 이미지가 무너졌다. 그 까탈스럽던 담당자님이 날 이곳으로 이끈 장본인이라니… 당황스럽지만, 나중에 담당자님을 만나면 나를 이곳에 데려와 줘서 고맙다고, 유리 조각으로 현실에 가는 기분이 어떠냐고 꼭 물어보고 싶어졌다. 그리고 일을 왜 빨리빨리 처리하려고 했는지 조금 이해할 수 있을 것 같다. 그가 맡은 사람들은 이곳에 들어올 준비를 하는 나와 같이 외로운 사람들이니 말이다.

그렇게 나는 무사히 2주가 되던 날에 관리자님과의 면담을 마쳤다. 이제 한 달째 되는 날인 오늘 내가 일을 얼마나 열심히 했는지 보여줄 차례였다. 나는 폭포에 떠다니는 연분홍빛의 별사탕을 골라 주머니에 챙긴 뒤 집으로 돌아갈 준비를 했다. 그러다 오늘따라 바닥이 미끄러웠는지 넘어지고 말았다.

"아이고, 난리다. 휴."

다행히 넘어지면서 팔을 먼저 짚은 덕분에 크게 다친 곳은 없었으나 손바닥이 조금 까졌다. 주머니에 넣었던 별사탕도 몇 개 떨어져 줍기 위해 어두운 바닥을 헤매야 했다.

"어딨는 거야… 이럴 때 핸드폰이 없는 게 불편할 줄은 몰랐네."

요즘은 스마트폰에 조명 기능이 있어 어두울 때 유용했는데 신기하게도 이곳에 들어오는 순간 내 모든 짐이 사라졌기 때문에 핸드폰이 없었다. 사용할 일이 없는 이곳에서는 필요하다고 생각하지 못했는데 이럴 때 필요할 줄이야. 그렇게 내가 폭포에서 건져낸 다섯 개의 별사탕 중 네 개를 찾고 마지막 남은 하나를 찾던 중이었다.

"어, 이 구멍은 뭐지?"

이곳에 구멍이 있다는 사실을 아무도 모르게 하고 싶었는지 희미한 빛조차 새어 나오지 않는 작은 구멍이 있었다. 구멍의 바로 우측 편에는 자세히 봐야만 알 수 있는 문고리 비슷한 것이 있었는데 그마저도 동굴 벽과 똑같은 색이라 누가 보면 돌부리라고 생각했을 정도였다. 나는 나도 모르게 그 문고리에 손을 뻗었고 손에 닿자마자 힘껏 쥐어 오른쪽으로 당겼다. 그러자 기다렸다는 듯이 문이 스르륵 열렸으며 성인 키만 한 구멍이 나타났다.

"어, 어어, 으악!!!"

갑자기 생겨난 구멍에 놀란 나머지 소리를 버럭 질렀다. 한순간에 나의 머리에서부터 등을 타고 찬 기운이 감싸더니 소름이 돋으면서 온몸의 털이 바짝 섰다. 나를 둘러싼 칠흑 같은 동굴의 내벽은 금방이라도 괴생명체로 변해 나에게 소리칠 것만 같았고, 바닥에는 뱀이, 천장에는 무수히 많은 박쥐 떼가 나타날 것 같다는 상상이 나의 머리를 파고들었다. 그 순간 나는 도망쳐야겠다는 생각도 못 하고 걷잡을 수 없이 퍼지는, 누군가에 의해 주입되는 듯한 상상에 정신을 잃을 것 같아 주저앉았다. 그때 손목 게이지가 요란한 소리를 냈고 나는 그제야 정신을 차릴 수 있었다. 잔뜩 경직돼 있던 다리를 움직였고 내가 낼 수 있는 최고의 속도보다 더 빠르게 달렸다. 동굴의 입구를 향해 달리는 와중에도 입구는 점점 더 멀어지고, 좁아지는 것만 같았다. 간신히 동굴을 빠져나왔으나 내 앞에 펼쳐진 그 아름답던 숲길도 무엇이 튀어나올지 모르는 두려움 그 자체로 느껴졌다. 몇 분 만에 산의 입구에 도착한 나는 가빠진 숨을 고르며 바닥에 엎드렸다. 밝아진 하늘이 이렇게 고마울 수가 없었다. 그렇게 숨을 고르고 있는데 저 멀리서 관리자님이 다가왔다.

"여기서 뭐 하세요? 담이 씨?"

"관리자님…"

"천천히 진정하시고 제가 물이라도 가져올게요."

내 상태가 심상치 않음을 알게 된 관리자님은 물을 떠 오겠다고 급히 달려갔다. 나는 등을 기대 누우며 하늘을 바라봤고 내가 아까 봤던 구멍을 다시 떠올렸다. 그리고 이마에 팔을 얹고 다른 한쪽 팔을 들어 손목을 봤는데 이럴 수가 내 두려움, 공포에 대한 수치가 100%에 닿을락 말락 하였다.

"이 정도는 느껴야 100%에 닿으려고 하는구나…"

아까의 경고음은 내 감정이 비정상적으로 치솟았기 때문에 울렸던 것이었다. 이상하게도 밖에 나와 관리자님을 보자 나는 빠르게 안정을 되찾을 수 있었다. 방금 느낀 공포감과 치솟던 감정 게이지 수치를 생각하며 문득 현실로 돌아가려면 '포근함'을 이 정도까지 느껴야 하는 것임을 깨달았다. 노력을 많이 해야 하는구나 싶었다. 그렇게 가빴던 숨이 거의 다 돌아올 때쯤 관리자님이 다시 왔고 나의 두려움 수치도 절반 가까이 떨어진 상태였다.

"도대체 무슨 일이 있었던 거예요?"

"관리자님, 저 안에 정말 무시무시한 게 있었어요."

"무시무시한 거요?"

"네, 제가 사실은 이 별사탕을 모으고 있었는데요. 매일 어떤 색으로 제 감정이 보이는지 궁금해서… 아무튼 나오려는 길에 별사탕을 떨어뜨려서 줍고 나오려는데 구멍이 하나 보이는 거예요."

"네네, 천천히 말해보세요."

"그래서 구멍을 유심히 보다 보니 오른편에 돌부리처럼 쑥 나온 문고리가 있더라고요. 그래서 한번 당겨봤어요. 그런데 그 문이 기다렸다는 듯이 확 열리는 거예요. 그 구멍 안은 한 치 앞도 보이지 않았어요. 그 순간 여기로 잡혀 들어가면 아무도 모르겠다는 생각이 들더라고요. 그래서 바로 줄행랑쳤어요."

"아이고, 큰일을 치르셨네요. 근데 구멍이 있었다고요? 크기가 얼마 정도였어요?"

"저도 충분히 들어갈 수 있는 크기였고 누군가 의도적으로 파 놓은 것 같았어요. 제 인생에서 느낀 가장 큰 공포였어요. 정말 숨이 턱 막혔어요."

"담이 씨, 손!"

한숨을 푹 쉬며 이마에 난 땀을 닦자 손바닥이 따끔거렸다. 아까 넘어질 때 생겼던 상처인 듯싶었다.

"팔에도 상처가 가득해요. 얼른 치료해야겠네요. 저를 따라오세요."

나를 무척이나 걱정하는 듯 보이는 관리자님의 표정을 보고 나는 거절할 수가 없었다. 숲길을 정신없이 뛰어오면서 여기저기 긁힌 모양이었다. 얼른 집에 가서 쉬고 싶었지만, 지금은 혼자 있는 것보단 누군가와 함께 있는 편이 낫겠다는 생각이 들어 관리자님을 따라갔다.

관리자님을 따라 들어온 곳은 사장님 방 옆의 사무실이었다. 이곳은 관리자님이 근무하는 곳인 것 같았다. 방의 한쪽 구석에는 우리가 일할 때 사용하는 화면과 깔때기가 여럿 있었고, 그 옆으로 큰 진열장이 하나 있었는데 별사탕이 종류별로 진열되어 있었다. 관리자님은 서랍장 하나를 열더니 상비약 상자를 꺼내 나에게 다가와 손을 달라고 했다.

"제가 발라도 되는데…"

"아뇨, 양쪽 손바닥이 상처로 가득해요. 제가 하나도 빠짐없이 연고를 발라 드릴게요."

생각보다 단호한 모습에 나는 바로 꼬리 내렸고 내 손을 순순히 맡겼다. 소독약을 거의 손에 들이붓다 싶어서 따가웠고 연고를 아주 듬뿍 발라 한 통을 거의 다 썼다. 손은 반창고투성이가 되었고 이 정도면 손 전체를 붕대로 감는 게 낫겠다는 생각이 들었다. 생각보다 서툰 손길에 웃음이 나왔다.

"제 손 깁스하는 게 낫지 않을까요?"

내가 장난스럽게 웃으며 관리자님한테 손을 들어 보였고 관리자님은 쑥스러워하며 코를 훔쳤다. 나는 관리자님한테서 처음으로 표현이 서툰 아빠가 주는 편안함을 느꼈다. 그러고는 관리자님은 나에게 꿀을 곁들인 홍차를 한잔 타주었다. 나는 따뜻한 차를 음미하며 한결 편안해진 기분을 느꼈다. 차는 굉장히 달콤했고 씁쓸했다. 붉은빛의 차는 그 색도 매우 아름다웠다.

차를 마시며 천천히 관리자님의 방을 둘러보았다. 이곳은 굉장히 깔끔했고 따뜻한 분위기를 풍겼다. 전체적으로 나무와 금속이 적절히 어우러진 가구들이 있었고, 갈색 벽돌로 쌓은 벽면과 벽난로는 따뜻한 분위기를 만드는 데 한몫했다. 내가 앉은 소파 근처로 깔린 러그는 한옥에서나 볼 법한 문양 패턴으로 수놓아져 단조로울 수도 있는 이 방의 분위기를 화사하게 바꿨다. 괜히 연말인 것 같아 설레는 느낌. 이 방을 설명하기에 이보다도 적합한 말이 없었다. 나는 이 방이 아주 마음에 들었다.

"방을 따뜻하게 꾸미셨네요. 정말 마음에 들어요."

"마음에 드신다니 다행이네요. 제가 좋아하는 것들로 방을 꾸미다 보니 제 마음에는 쏙 들지만 과하지 않은가 싶은 생각도 있었거든요. 저는 주로 이곳에서 근무합니다."

"근데 관리자님은 제가 처음에 왔을 때 저를 안내해주셨잖아요. 그리고 자주 방문도 해주시고요. 너무 바쁜 건 아니세요?"

"저는 이곳에서 일하는 게 행복하답니다. 제 여생을 이곳에서 보낼 생각이죠. 저처럼 이곳에 애정을 가진 사람은 아직 없을 테니 제가 새롭게 오는 분들을 맞이하는 게 좋습니다. 그래야 새로 오는 분들도 이곳에서의 첫인상이 좋지 않겠습니까. 물론 전 '저 너머 세계'에 갈 생각이 없으니 감정 게이지를 채우려고 노력할 필요도 없어요. 저는 다른 분들을 위해 가끔 제가 원할 때만 돕고 있습니다."

뜻밖에 관리자님의 사정을 듣게 되었다. 이곳에서 여생을 보내려는 마음을 먹었다는 관리자님은 어떤 점 때문에 그런 마음을 품었을까? 생각해보니 앤 님도 밤하늘을 보면 이곳에 평생 있고 싶다는 생각이 든다고 했던 것 같다.

"어떻게 그런 결정을 내리게 되신 건가요?"

"말씀드린 대로 전 이곳에 있을 때가 아주 행복합니다. 제가 인생에서 처음으로 도움이 되는 사람이라는 걸 깨닫게 된 곳이니까요."

나는 더 이상 물을 수 없었다. 그 말을 하고 관리자님은 생각에 잠긴 듯 눈을 감았다. 그 얼굴엔 슬픔이 묻어나는 것 같았다. 나는 관리자님의 사정은 잘 모르지만 그래도 마음속으로 응원하기로 결심했다.

관리자님한테 다시 차분하게 아까 동굴에서 봤던 구멍에 관해 설명하고 나는 집으로 돌아왔다. 아, 관리자님은 내가 떠나기 전 유리 조각을 하나 줬다. 정말 필요하다는 마음이 들면 화면에 가까이하면 된다고 했다. 그 이후는 본인의 판단에 맡기라는 말도 잊지 않았다. 나는 언제 쓰게 될지 모르겠지만 꼭 중요한 순간에 쓰기로 마음먹고 주머니 속에 넣었다. 주머니에 넣은 손에 연분홍색 별사탕 가루가 묻었다. 문득 내가 이 유리 조각을 쓰는 순간은 이렇게 아름다운 분홍색 가루를 사용하는 순간이었으면 좋겠다는 생각이 들었다.

관리자님은 나한테 그 동굴의 구멍에 대해선 당분간 아무에게도 말하지 말아 달라고 부탁했다. 본인이 사장님께 말씀드려 사람을 모아 구멍을 들어가 볼 생각이니 그때 다시 말해주겠다고 했다. 그러면서 큰일을 치렀다고 고생했다고 하며 나를 한번 꽉 안아줬다. 그 토닥임이 나쁘지 않았다.

나는 침대에 누워 아까 그 구멍에 대해 생각했다. 무엇이든 사라지게 만드는 블랙홀처럼 정신을 놓으면 빨려 들어갈 것 같은 어둠이 두려웠지만, 꼭 다음번에 사람들과 함께 다시 가보고 싶었다. 그렇지 않으면 평생 그 순간의 두려움은 이겨내지 못할 것 같았다.

8
볕 드는
된장찌개

    그 이후로 한 달간의 시간이 지났다. 그러니까 내가 이 세계에 온 지 2달 정도 되는 시점이다. 관리자님한테서 아직 특별한 소식은 없었고, 나는 그 이후로 끈끈이 폭포를 찾지 못했다. 소문에 의하면 당분간 끈끈이 폭포로의 출입을 막는다는 것 같았다. 관리자님한테 앤 님에게만 말해도 되냐고 물어봤다. 그다음 날 내 손에 덕지덕지 붙어있는 반창고를 보고 깜짝 놀란 앤 님한테 비밀로 하는 것은 여간 힘든 일이 아니었다. 관리자님 역시 앤 님은 괜찮다고 허락했으므로 나는 사실대로 말했고, 그 소식을 들은 앤 님의 표정은 심상치 않았다.

    "정말 그렇게 커다란 구멍이 있었나요?"

    "네, 정말이에요. 제가 정신없이 도망쳐 나오느라 손의 상처가 더 커진 거라니까요."

"정말 의문이네요. 누가 그런 구멍을 뚫어 놨을까요? 그렇게 빛 하나도 없이."

"그러게요. 그런 구멍이 있다는 건 아무도 몰랐던 거예요?"

"네, 저도 수십 번, 아니 수백 번을 갔을 수도 있는데 그런 구멍이 있는지 전혀 몰랐어요. 아마 입구와 거리가 조금 있기도 하고, 폭포의 그림자에 가려져 몰랐을 수도 있고요. 사실 누가 그런 생각을 하겠어요. 폭포에 사람이 들어갈 정도로 큰 구멍이 있을 거라고요."

"저도요. 얼마나 심장이 뛰던지 다시 생각해도 아찔해요. 당분간 혼자서는 끈끈이 폭포를 보러 못 갈 것 같아요."

"저 같아도 그랬을 거예요. 큰일 치렀네요. 정말. 혹시나 관리자님께서 연락을 주시면 저한테도 말해 줄 수 있나요?"

"네, 물론이에요. 관리자님께 여쭤보고 바로 말씀드릴게요. 앤 님이 같이 가주시면 저도 너무 힘이 될 것 같아요."

"정말요? 그런 말을 들으니 기쁘네요. 저도 가서 제 두 눈으로 꼭 한 번 보고 싶어요."

그렇게 나는 평범한 일상으로 돌아왔다. 그동안 나는 앤 님의 일터인 정자에서 일했다. 특별히 마음에 드는 공간을 찾기가 어려웠다. 사실은 어떤 공간을 내가 좋아하는지 모르겠다는 마음이 더 컸다. 앤 님은 처음 한 달 정도는 나를 일부러 다른 공간으로 데려가며 마음 붙일 곳을 찾을 수 있게 도와주었지만, 나는 어디를 가나 감흥이 없었다.

"제가 감정이 부족하기 때문에 그런 거 아닐까요?"

"아뇨, 저 역시 감정이 부족해서 왔지만 제가 꿈꾸던 공간은 있었잖아요. 일부는 원하는 공간이 명확하지만, 일부는 찾기 어려워하는 것 같아요. 이곳에서 계속 지내며 좋아하는 공간을 찾는 분들도 있으니까 너무 걱정하지 말고 마음을 편하게 먹어요."

앤 님은 내가 끈끈이 폭포에서 도망쳐 나온 날 이후로는 더 이상 다른 공간을 권유하지 않았다. 대신 전보다 더 많이 마음을 편하게 먹으라고 했다. 자연스럽게 우러나오는 감정 그게 진짜라고 말이다.

이곳에서는 마음이 '편안'하다는 감정을 자주 느꼈다. 처음 '할머니 댁'의 기억이 되살아났을 때, 끈끈이 폭포를 처음 봤을 때, 앤 님과 관리자님의 근무지를 방문했을 때 등등. 누군가의 애정이 서린 공간이면 다른 사람도 편안하게 해 줄 수 있는 걸까? 아니면 내가 할머니, 앤 님, 관리자님 그리고 이 세계를 좋아하기 때문에 그랬던 걸까?

'편안함' 수치가 오르는 날이면 나의 다른 감정들도 같이 올라갔다. 행복, 기쁨, 슬픔, 분노 다양한 감정이 모두. 다른 감정을 느낄 수 있는 순간은 내가 일할 때인데, 순수하게 그 사람의 상황이 내 마음을 울리곤 했다. 요즘은 다양한 사연이 있는 사람들의 감정을 관리하기 때문에 여러 감정을 느낄 수 있어 기쁘다. 내가 '공감'을 잘하는 것 같다고 앤 님이 같이 기뻐해줬다.

두 달여 동안 내가 관리한 사람들은 주로 학생이었다. 내가 아직 대학생이라서 그런가. 고등학생부터 대학생이나, 20대가 대부분인 것 같다. 신기하게도 사람들의 시간대는 제각각이었는데 여름인 사람도 있었고 겨울인 사람도 있었다. 이곳의 시간은 '저 너머 세계'의 사람들의 시간과는 다르게 흐르는 것 같다. 그러다 문득 궁금해진 점이 있어 앤 님한테 물어본 적이 있다.

"혹시 제 화면에 제가 아는 사람이 나타날 확률도 있을까요?"

"음, 저도 잘은 모르지만 그럴 수 있지 않을까요? 근데 아직 그랬다는 사람을 보지는 못했어요. 왜요? 혹시 나타났으면 하는 사람이 있나요?"

"아니요… 저는 아직도 보고 싶은 사람이 없는걸요."

씁쓸하게 말하는 나를 빤히 보던 앤 님은 이내 마음을 굳혔다는 듯 말했다.

"저는 보고 싶은 사람이 있어요."

앤 님은 무언가 말해주고 싶은 것 마냥, 눈을 부릅뜨고 나를 쳐다봤다.

"누군데요?"

왠지 물어보지 않으면 큰일 날 것 같은 눈이었다.

"전 엄마요. 절 어렵게 키우셨거든요. 제가 이래 봬도 엄마 생각 극진히 했어요. 여기 온 지 꽤 됐지만 그래도 매일 엄마 생각이 나요. 처음 왔을 때는 엄청나게 걱정했어요. 제가 여기 있는 만큼 현실에서의 내 시간도 무의미하게 흘러가는 걸까 봐. 그러면 안 되는데. 제가 두고 온 사람들은 저 없으면 안 되거든요. 근데 일하다 보니 알았어요. 여기 시간은 다르게 흐른다는 사실을. 제가 있던 곳의 시간은 멈춰있는 거니까 안심하고 감정을 회복시키라고 말해주는 것 같았죠. 참 신기하지 않나요?"

"앤 님같이 긍정적인 분도 불안했을 때가 있으셨네요. 저는 부끄럽지만 여기 있는 게 안심돼요. 현실로 돌아갈 용기가 나지 않아요."

"제가 일한 지 얼마 되지 않았을 때, 만난 사람 중에 아직도 생각나는 사람이 있어요. 그 사람은 울고 있었어요. 갓난아기를 등에 업고 시장 바닥에서 작은 소쿠리에 담긴 삶은 옥수수를 팔고 있었어요. 목소리도 기어들어 가고, 딱 봐도 이번에 장사를 처음 시작한 것 같아 보이는 거예요. 그 사람 마음은 불안으로 요동치고 있었어요. 옆자리 사람은 이미 옥수수 다 팔고 집에 갔거든요. 사람들은 아이 엄마를 쳐다보지도 않고 옆자리 여자한테 안부를 물으며 옥수수를 사 갔어요. 어찌나 마음이 아프던지… 저도 같이 울었어요."

다시 생각해도 안쓰러운 듯 앤 님의 눈시울이 촉촉해졌다.

"제가 저 사람을 위해 뭘 해줄 수 있는지 모르겠는 거예요. 그렇게 한참을 같이 울다가 누군가가 다가왔어요. 그 여자의 엄마뻘 정도 돼 보이는 할머니가 오더니 그 사람의 눈을 훔쳐주고는 '아기가 참 예쁘다. 옥수수 좀 줘봐' 하며 아기 머리를 쓰다듬고 옥수수를 사 가셨어요. 할머니를 바라보는 아이 엄마의 눈빛이 얼떨떨했지만, 덕분에 그 여자는 진정됐어요. 저는 그걸 보고 더 울었어요. 엄마가 너무 보고 싶더라고요. 그래서 저는 그때 늦었지만, 끈끈이를 넣었고 별사탕 몇 알을 얻을 수 있었어요. 아주 예쁜 주황색이더라고요. 제 부적처럼 지니고 다녀요."

앤 님은 나한테 그 주황색 별사탕을 보여줬다. 영롱하면서도 따뜻한 느낌이 풍기는 그런 색이었다. 나도 끈끈이 폭포에서 주운 연분홍빛의 별사탕을 부적처럼 가지고 있었다. 그런 부적을 다들 하나쯤 가지고 있을 수도 있겠다 싶었다.

"저도 앤 님처럼 보고 싶은 사람이 생기면 말할게요."

"좋아요. 천천히 생각해도 늦지 않으니까 편하게 생각해요. 아, 맞다. 그렇게 울고 있으니 사장님이 저를 슬그머니 부르시는 거예요. 그렇게 엄마가 보고 싶냐고. 자기가 보여줄 수 있다면서 물으셨어요. 그 여기 들어올 때 처음 보여주는 장면처럼요. 제가 뭐라고 했게요?"

"음… 많이 보고 싶어 하셨으니까 보여달라고 하지 않았을까요?"

나의 대답에 앤 님은 싱긋 웃더니 힘차게 대답했다.

"땡! 저는 보여주지 말라고 했어요. 제가 스스로 건강해져서 현실로 돌아가서 보겠다고 했어요. 저는 그 아이 엄마가 위로받는 모습에서 같이 위로받았거든요. 제가 보고 싶은 엄마는 환영이 아니잖아요. 제가 스스로 얻어낼 거예요."

그렇게 말하는 앤 님의 모습은 어딘지 모르게 멋있어 보였다. 감정을 되찾는 것뿐만 아니라 본인 스스로가 한층 더 성장한 것 같았다.

"사장님은 제 말에 방긋 웃으셨어요. 그리고는 자연스러운 감정이 제일 중요한 거라고 제가 그렇게 순수한 눈물을 흘릴 수 있게 되어 기쁘다고 하셨어요. 저도 동감해요. 여기 오기 직전엔 사실 올 때마다 머리가 너무 아팠어요. 정말 깨질 듯이 아파서 울고 싶지 않았지만 아파서 울었고, 또 우는 제가 한심스러워서 울었어요. 그렇게 울다 보면 바닥이 날 잡아당기는 듯한 무기력에 아무것도 할 수 없었고요. 생각해보니 더 최근에는 우는 일조차 없었네요. 그렇게 텅 비어 갔나 봐요."

나도 그랬다. 나도 그렇게 아팠고, 울었고, 외로웠다. 더 이상 흘릴 눈물도 없이 내 마음은 텅 비어버렸다.

"그러다 여기 와서 정말 오랜만에 아기처럼 울었어요. 머리가 가뿐하더라고요. 개운했어요. 그렇게 한바탕 울고 나니까 물론 눈은 퉁퉁 부었지만요."

앤 님은 말하진 않았지만 나도 그렇게 속 시원히 우는 날이 왔으면 좋겠다는 듯 입가엔 옅은 미소를, 눈에는 걱정을 담아 보냈다. 아직 모르지만 내 우울의 본질적인 원인을 찾고 그를 위해 실컷 울면 나도 금세 이렇게 멋진 사람이 될 수 있을 것 같다는 생각이 들었다.

❀ ❀ ❀

나는 오늘 혼자 상점을 방문하기로 마음먹었다. 그동안에는 앤 님이 조금씩 나눠준 '감정 증폭제'를 사용했었다. '감정 증폭제'는 7가지 종류가 있는데

'빨강'은 분노, 증오, 시기 등의 감정을,

'주황'은 안정, 포근함 등의 감정을,

'노랑'은 즐거움, 행복, 환희 등의 감정을,

'초록'은 존경, 열정, 용기 등의 감정을,

'파랑'은 배려, 차분함 등의 감정을,

'남색'은 우울, 슬픔, 외로움 등의 감정을,

'보라'는 신비함의 감정을 대표한다.

이 감정 증폭제는 '감정적' 내부의 상점에서만 구매할 수 있다. 보통은 자신의 나이와 비슷하거나, 처지를 이해할 수 있는 사람들이 화면에 나오기 때문에 주로 사용하는 감정 증폭제의 종류가 정해져 있다고 볼 수 있다. 나는 유독 주황색이나 초록색의 감정 증폭제를 주로 사용했는데 오늘 쓰려고 보니 둘 다 거의 바닥을 드러내고 있었다. 그동안 앤 님한테 빌려 쓴 것도 미안하고 혼자서 돌아다닌 적도 폭포 말고는 없는 것 같아서 오늘은 일을 일찍 마치고 용기 내 혼자 상점으로 향했다.

'딸랑' 하는 종소리와 함께 들어선 상점은 곳곳에 아기자기한 소품들이 가득했고, 백색의 조명 덕분에 물건들 색이 선명하게 잘 보였다. 색에 따라 별사탕의 힘이 다르기 때문에 정확하게 색을 구별할 수 있도록 조명이 밝은 것 같았다.

생각보다 이곳에는 감정 증폭제뿐만 아니라 신기한 물품들이 많았다. 별사탕 가루가 담겨 있는 색색의 향수병들, 별사탕 가루가 조금 첨가된 초콜릿 같은 간식거리와 음료들, 별사탕을 가루로 낼 수 있는 간이 믹서기, 별사탕 가루의 효과를 은은하게 느낄 수 있다는 섬유유연제까지 별사탕으로 만들 수 있는 건 다 만들어둔 모양이었다.

　이곳에 온 첫날에 본 행복남, 어둑남 아이들이 떠올랐다. 아이들이 뿌리던 것이 이 향수였다는 것을 떠올리며 나도 하나 마련해둘까 싶었지만 굳이 그러고 싶지는 않았다. 천천히 둘러보다 나는 이 가게의 중심, 감정 증폭제가 있는 곳으로 갔다. 어렸을 때 갔던 놀이동산에 있는 젤리 상점처럼 통에 별사탕이 가득 담겨 있었고 원하는 용량만큼 버튼을 누르고 레버를 돌리면 별사탕이 쏟아져 나왔다. 나는 통 옆에 있는 작은 유리 용기 중에 마음에 드는 것을 골라 별사탕을 한가득 담았다. 두 손 가득 별사탕 꾸러미를 들고나오니 부자가 된 기분이었다. 이곳의 월급은 별사탕이 카드에 자동 충전되는 방식인데 가끔 별사탕을 직접 현금처럼 결제할 수 있다고 들었다.

　기왕에 나온 거 주변 상점을 더 구경하다 들어갈까 하는 생각이 들었다. 원래 나는 새로운 장소에 가는 걸 별로 좋아하지 않았다. 낯선 분위기가 주는 긴장감이 싫었다. 근데 오늘은 상점을 무사히 다녀왔다는 생각 덕분인지 구경해도 괜찮겠다 싶었다. 이 세계는 나도 모르는 사이에 내 마음을 유연하게 했다.

　나는 '감정적'을 빠져나와 도로 하나 정도의 간격을 두고 건물을 둘러싸고 있는 상점가를 걸었다. 나는 이곳에 있으면서 식욕을 느끼지 못했다. 그런데 이 거리를 다니지 않아서 그랬나 싶을 정도로 사방에서 향기로운 냄새가 풍겼고 처음으로 허기진다는 생각이 들었다.

이곳 상점들이 운영되는 방식은 특별한데 모두가 취미로 장사를 시작한다고 했다. 이곳에 오고 나서 '저 너머 세계'로 돌아가는 방법은 딱 한 가지, 자신의 20가지 종류의 감정 게이지를 적정선 채우는 경우이다. 근데 사람들마다 채우는 속도가 다르다. 빠르면 1년, 늦으면 몇십 년까지도 이 세계에 머무르기 때문에 심심해지기 시작한 사람들이 각자 자기 능력을 뽐내 식당을 차리거나, 작은 가게를 운영한다고 했다. 자유롭게 시작한 만큼 운영방식도 유동적이라 다들 하루에 짧으면 2시간, 길면 5시간 정도 가게에서 생활한다고 들었다. 그래서 원하는 음식이 있다면 미리 몇 시에 영업하는지 물어보는 것은 필수였다.

오늘은 체험해보는 느낌으로 온 거라서 지나가다가 괜찮게 보이는 식당에 들어갈 생각이었다. 그렇게 별생각 없이 돌다 내 시선을 사로잡은 가게가 있었는데 그 이름은 '볕 드는 된장찌개'였다.

가게는 천막 대신 기와가, 그 아래로 회색과 갈색의 벽돌이 켜켜이 쌓여있어 전통 가옥의 느낌이 물씬 풍겼다. 나무로 된 출입문도 한몫했다. 그리고 윗부분이 둥글게 모나지 않은 창문이 바로 옆에 하나 있었다. 건물은 초록 잎의 덩굴이 둘러있고 창문에는 하얀색의 프릴로 장식된 커튼이 달려있어 아담하지만, 마음이 편해지는 분위기를 가진 그런 가게였다.

"된장찌개라…"

한창 자취를 시작하던 무렵에 생활비를 아껴보겠다고 처음으로 시도해본 요리가 된장찌개였다. 분명히 엄마가 집된장을 챙겨줘서 인터넷 레시피를 보고 만들었건만 내가 만든 된장찌개에서는 깊은 맛이라곤 찾아볼 수가 없었다. 나는 그때도 한 번 만에 포기했다. 나는 요리도 못하네. 그런 생각밖에 없었다.

가게 문을 조심스럽게 열고 들어가 적당한 자리를 골라 앉았다. 가게는 테이블이 3개 정도밖에 없는 간소한 공간이었지만 그래도 여전히 마음이 편안해지는 그런 분위기였다. 나무 틀로 갇힌 창문에는 하얀색 레이스 커튼이 달려있었고, 하얀색 한지를 붙인 듯 질감이 느껴지는 벽과 나무로 된 세월이 느껴지는 탁자와 의자, 그리고 선반과 그 위에 놓인 여러 화분들이 보기 좋게 어우러져 있었다. 제일 마음에 들었던 점은 반질반질하게 닦여있는 갈색의 바닥이었다. 미끄럽나 싶을 정도로 반질반질하지만 미끄럽지 않고, 밟으면 뿌예질까 싶어 조심스럽게 발로 눌러봐도 여전히 깨끗한 바닥은 깔끔한 인상을 풍겼다.

사실 내가 자리에 앉아 가게를 감상할 동안 사람이 아무도 없어 당황했지만 잠시 기다리니 사장님으로 보이는 할머니가 들어왔다.

"아이고, 손님이 왔네."

뒤뜰을 다녀온 듯 소쿠리에 한가득 야채를 담고 들어오는 사장님은 우리 할머니랑 연세가 비슷해 보였다. 하얀색 앞치마에 주황빛이 도는 원피스를 입은 사장님은 어딘지 모르게 정다운 느낌이 들었다. 아, 이 가게가 마음이 편한 이유는 다 할머니 덕분이었구나. 사람이 머무는 곳엔 그 사람의 분위기가 장소에 깃드는 것 같다. 똑같은 인테리어여도 다른 사람이 주인이었다면 이렇게 편안하지 못했을 것이다.

"저 된장찌개 하나만 해주실 수 있나요?"

"우리, 다른 메뉴도 있는데 한번 천천히 봐보세요."

무심하게 던져준 메뉴판은 종이 한 장이었는데 메뉴는 된장찌개, 김치찌개, 불고기덮밥 이 세 가지가 전부였다. 셋 다 군침이 돌았지만 그래도 된장찌개를 배신할 수 없다는 생각이 들었다.

"저 된장찌개로 할게요."

내 말에 사장님은 눈짓으로 대답하고 아까 가져온 채소를 손질했다. 일정한 칼질 소리가 오랜만이라 기분 좋아 눈을 감고 감상했다. 양파, 애호박, 감자를 차례차례 손질하고, 뚝배기에 멸치, 다시마로 육수 낸 국물을 담아 된장을 푼다. 먼저 손질한 재료들을 넣어 오래도록 끓여준 다음 두부와 팽이버섯, 청양고추 조금을 손질해 마지막에 퐁당퐁당 넣어주고 뚝배기 뚜껑을 닫는다. 보글보글 소리와 맛있는 냄새가 진동하면 불을 꺼 조심스럽게 상으로 옮긴

다. 소리와 냄새만으로 추측해 상상하며 곧 나올 된장찌개를 기대하였다.

사장님은 된장찌개 냄새가 가게 전체에 진동할 때쯤 나에게 밥한 공기, 잘 익은 배추김치 한 접시와 뚝배기에 담긴 된장찌개를 함께 가져다줬다. 오랜만에 맡는 음식 냄새라 정신이 혼미해져 서둘러 뚝배기 뚜껑을 열다가 손가락을 살짝 데었다. 나를 지켜보던 사장님은 혀를 차며 나한테 찬물에 적신 물수건을 건네줬고 나는 감사히 받아 손을 감쌌다. 그리고 물수건으로 조심조심 뚜껑을 열어 된장찌개를 개시했다. 뚜껑을 열자마자 쑥의 신선한 향이 내 코를 자극했다.

어렸을 때, 엄마랑 집 뒤에 있는 산에 올라갈 때 쑥을 캤던 기억이 있다. 봄의 어느 날, 아직 도로가 깔리기 전 흙길이었던 등산로를 걸으며 쑥을 캘 때면 '캐는 건 재밌는데 먹기 싫은데 어쩌지?' 하는 마음이 들곤 했다. 아직 초등학생이었던 내가 즐기기엔 쑥은 너무 어른 입맛이었다. 몰래 조금 버릴까? 하다가 또 신이 나서 마구 캐다 보면 어느새 내 봉지는 한가득 쑥이 넘쳐났다. 그 이후로 등산로에 아스팔트가 깔려 차가 지나다니면서 쑥이 매연을 먹었을까 봐, 아니면… 바빠진 나머지 더 이상 쑥 캐러 다니지 못했지만, 나에게 그런 어린 시절의 향수가 있는 게 '쑥'이었다. 그래서 뚝배기를 열자 풍기는 쑥의 향이 코에 들어온 순간 눈에 눈물이 핑

돌았다.

허겁지겁 된장찌개를 먹으며 오랜만에 살아있음을 느꼈다. 안 먹고 살 수 있어도 먹어야 느끼는 행복이 있다는 것을 알았다.

"몇 달을 굶은 거예요?"

"아, 두 달 동안 초콜릿 정도만 먹었어요."

"젊은 사람이 먹고는 살아야지. 안 그래요?"

"네, 그런 것 같아요. 정말 맛있어요. 사장님."

"뭔 사장이람. 그냥 할머니라고 불러요."

할머니라고 부르라며 껄껄 웃는 모습에 나도 모르게 웃음이 나왔다. '맛'이라는 건 신기하다. 이렇게 맛보는 것만으로도 행복해질 수 있다니.

"여기서 자주 밥 먹기만 해도 금방 돌아갈 수 있어요. 다들 그러니까. 자주 와서 먹고 가고 해요."

"감사해요. 하지만 전 아직은 돌아가고 싶지 않아요."

방어적으로 튀어나온 내 말에 할머니는 지그시 눈을 맞추더니 알겠다는 듯 미소를 지었다. 이곳에 얼마나 계셨을까? 얼마나 많은 사람이 이곳에서 밥을 먹고 돌아갔을까? 다음에 왔을 때 조금 더 친해지면 그때 여쭤봐야지 하고 다짐했다.

밥을 깨끗하게 비우고 할머니한테 가져다드린 다음, 계산하고 나갈 채비를 하는데 할머니가 나를 불렀다.

"이거 가져가요."

할머니가 건넨 건 별사탕이 담긴 봉투였다.

"아뇨, 제가 계산해 드린 것보다 훨씬 많은 것 같은데요."

"이거 돈으로 쓰는 별사탕 아니에요."

자세히 보니 불투명한 게 보통 우리가 돈으로 주고받는 별사탕하고는 생김새가 달랐다.

"이거 우리 단골이 줬어요. 이걸로 그 뭐냐 그 증폭 뭐 대신에 쓰면 효과가 아주 좋다고 하더라고요. 나는 그런 거 안 쓴다니까 그럼 다른 사람 주라고 해서."

감사하다고 말씀드리고 받은 별사탕은 천 조각에 담겨 있었는데 그 색이 너무 불투명해서 내가 맨 처음에 일할 때 실패해 얻어낸 여러 감정이 섞인 별사탕 같았다. 확실히 이 정도로 불투명하면 돈으로 쓰기엔 부적절하겠다 싶었다. 근데 감정 증폭제 대신에 쓸 수 있다고? 그건 무슨 소리지? 나중에 앤 님한테 보여줘야겠다 싶어서 집으로 돌아와 책상 한쪽에 뒀다. 그리고 이제부터 일주일에 한 번씩은 할머니 식당에 가거나 그 길 산책을 하며 끌리는 음식을 먹어야겠다는 생각이 들었다. 아니 그보다 더 자주여도 좋을 것 같다. 생각지도 못한 나만의 맛집을 찾는 기분이 이런 걸까? 나는 침대에 누워 아까 먹은 된장찌개의 맛을 다시 떠올렸다. 나도 모르게 입맛을 다시고 있었다.

9

계단을 오르는 사람들과
끈끈이 폭포에 있던 구멍의 비밀

다음 날, 앤 님을 만나자마자 된장찌개 식당에 대해 신나게 얘기했다. 그랬더니 앤 님은 거길 누가 모르냐면서 장난스럽게 대답했다.

"그 할머니 제가 또 엄청나게 좋아해요. 우리 엄마 생각나서. 우리 엄마처럼 무심한데 따뜻해요. 여기서 솔직히 음식 해먹기 어렵잖아요. 식재료는 '감정적' 사장님한테 말해서 어떻게 구한다고 하더라도 여간 귀찮은 일이 아니니까 저도 가끔 생각나면 식당에 찾곤 해요."

"그럼 추천할 만한 다른 식당 또 있을까요?"

"음, 그건 일단 나중에! 여기처럼 입맛에 맞는 식당 찾기가 수월한 곳은 또 없어요. 맛집 찾는 즐거움도 알면 좋으니까요!"

"아, 그래요? 여기는 왜 취향에 맞는 식당을 찾기가 쉬운 거예요?"

나는 의문이 드는 대답에 다시 물어봤다.

"그건 이곳엔 만능 조미료가 있잖아요~"

나는 아차 싶었다.

"아, 별사탕!!!"

괜히 속은 듯한 기분이 들어 이 사실을 물어보지 말 걸 싶었으나 그래도 이 세계 최고의 장점이니 그러려니 체념했다. 어제 한 나의 추억여행이 별사탕 영향이었다니… 감동은 조금 시들었지만 그래도 이곳에선 어디를 가든 즐거운 여행을 떠날 수 있겠다는 생각이 들었다.

"그러면 제가 요리해도 여기선 맛있겠네요?"

"음, 근데 맛은 장담 못해요. 맛없는 걸 먹고도 행복하게 해줄 수는 있겠지만!"

이라고 말하며 앤 님은 한바탕 웃고 지나갔다. 이런, 여기서도 내 음식 솜씨는 바뀔 수 없는 것인가? 실망스러웠지만, 꼭 한 번은 도전해보겠다고 마음을 먹고 앤 님을 급하게 따라갔다.

그로부터 일주일 뒤, 오랜만에 우리는 많은 사람이 일하는 곳으로 왔다. 이곳 '감정적'에는 다 같이 이용하는 공용공간이 있는데, 저번에 나의 담당자님이 근무한 '회사' 콘셉트, '저 너머 세계'에 있는 프랜차이즈 카페 콘셉트의 장소가 있다. 가끔 이곳 사람들은 분위기 전환이 필요하거나 다른 사람들과 어울릴 일이 있을 때는 공용공간에 와서 일하곤 한다. 나는 저번에 담당자님의 설명을 들을 때 봤던 회사는 갑갑했기에 이번에는 카페에서 일해보자고 제안했다.

저번에 넉넉하게 사둔 감정 증폭제를 앤 님한테 나눠주면서 생색내고 있는데 저 멀리서 소란스러운 기운이 느껴졌다.

"어, 저게 무슨 소리예요?"

나의 물음에 집중하던 앤 님이 고개를 갸웃거렸다.

"음, 왜요? 여기는 항상 어수선하지 않았나요?"

"아뇨, 오늘은 정도가 조금 심한 것 같아서요."

나의 대답에 호기심을 느낀 앤 님은 나가보자고 했고 우리는 천천히 소리가 나는 쪽으로 다가갔다. 문제의 발원지는 '감정적'의 중앙에 우뚝 서 있는 계단이었다. 계단은 말 그대로 인산인해를 이루고 있었다.

"아니, 이게 무슨 일이에요?"

놀란 나는 입을 다물지 못하고 그 광경을 바라봤다.

"아니, 이렇게 사람이 많았던 경우는 없었는데."

앤 님도 놀라긴 마찬가지인 것처럼 보였다. 나랑 앤 님이 멍하니 계단을 쳐다보고 있자 저 멀리서 관리자님이 우리 쪽으로 걸어왔다. 오랜만에 본 관리자님은 오늘따라 얼굴에 어두운 구름이 드리운 듯 심각해 보였다.

"관리자님, 이게 도대체 무슨 일이에요?"

내가 묻자 관리자님은 한숨을 푹 쉬더니 대답했다.

"저도 그 이유를 몰라 현기증이 납니다. 폭포에 있던 구멍 사건을 파헤치느라 온 신경을 쏟고 있었더니 이곳이 이 난리인지도 모르고 지냈어요. 제가 듣기론 요 며칠 계단에 사람들이 붐볐다고 하더군요."

이곳에 온 지 얼마 되지 않은 내가 봐도 혼란스러워 보였다. 꽉 막힌 계단을 오르는 사람들, 내가 평소에 봐왔던 사람들과는 달리 그들 모두 흥분 상태처럼 보였다. 앤 님은 어떻게든 상황을 도와주고 싶어 했고, 나 역시 관리자님한테 그동안 감사한 일이 많아 두 팔 걷어 돕기로 하였다.

우리는 다 같이 관리자님 방으로 갔다. 얼굴에 여전히 근심이 가득한 관리자님이 말했다.

"제가 안 그래도 그 광경을 지켜본 사람들한테 물어봤는데요. 그러니까 2주 전쯤부터 중앙계단을 오르는 사람 수가 눈에 띄게 많아졌다고 하더군요."

그 말에 의문이 생긴 내가 물었다.

"들어온 사람이 많았던 시기가 있는 건 아닐까요?"

내 말에 관리자님은 고개를 저었다.

"아뇨, 그럴 수는 없어요. 담이 씨를 데려온 담당자처럼 우리 세계에서는 감정 게이지가 0%에 육박하는 사람들을 데려오는 담당자가 10분 정도 계시는데, 그분들 모두 하루에 한 명 정도 데려와요. 많아 봤자 세 명? 하루에 계단을 오르는 사람들은 약 10명 내외로 들어오는 수와 나가는 사람의 수가 비슷해요. 이건 '첫 번째 남자' 때부터 시작된 이 세계가 스스로 정한 규칙 같은 거예요. 지금까지 한 번도 이렇게 불균형이 생겼던 경우는 없어요."

가만히 이야기를 듣고 있던 앤 님이 말했다.

"사장님은요? 이 사태를 모르고 계시나요?"

"사장님도 알고 계세요. 그동안 저한테 일부러 말씀을 안 하셨나 봐요. 신경 쓸 게 많으니."

그렇게 말하곤 관리자님은 한숨을 푹 쉬었다. 어떻게 하면 좋을지 생각나는 방도가 없어 답답할 따름이었다. 그러다 문득 어떤 생각이 떠올랐다.

"혹시 계단을 오르는 사람들한테 물어보면 되지 않을까요?"

그러자 관리자님은 고개를 저었다.

"제가 이미 몇 명을 붙잡고 물어봤어요. 하나같이 다들 자기가 열심히 일했기 때문이라고 대답했죠. 숨기는 게 있을 것 같은데… 그게 뭔지 아직은 모르겠어요."

계단을 오르는 사람들이 2주 전쯤 서서히 많아졌다. 그리고 그 사람들은 감정 게이지를 다 채운 방법을 숨기고 있다. 분명히 무엇인가 배후에 있을 것 같다는 느낌이 들었다. 그때 내가 봤던 끈끈이 폭포의 구멍하고 관련이 있는 건 아닐까?

"그러고 보니 관리자님 그 구멍은 어떻게 됐나요?"

"그 구멍이 생각보다 깊더라고요. 제가 그동안 전등을 설치하느라 조금 늦었습니다. 기왕 생각난 김에 두 분 같이 가보실까요?"

나와 앤 님은 눈을 동그랗게 뜨고 고개를 얼른 끄덕였다. 한 달 동안 미치도록 궁금해도 참았는데 드디어 갈 수 있게 된 것이다.

우리는 일단 계단을 오르는 사람들을 뒤로한 채 폭포 쪽으로 갔다. 오랜만에 끈끈이 폭포에 가는 거라 설레기도 하고, 살짝 무섭기도 했으나 앤 님이 내 팔을 꼭 잡아준 덕분에 긴장이 조금 풀렸다.

끈끈이 폭포는 여전히 아름다움을 유지하고 있었다. 한가지 달라진 점은 내가 다녀간 이후로 관리자님이 구멍 쪽에 조명을 설치해둔 덕분에 폭포의 뒤쪽으로 환한 공간을 볼 수 있다는 것이었다. 우리는 천천히 그쪽으로 다가갔다. 다시 본 구멍은 생각보다 훨씬 컸다. 성인이 고개를 숙이지 않아도 충분히 들어갈 수 있었다. 왠지 모르게 나와 앤 님은 차분해졌고 서로를 한번 쳐다보고는 발걸음을 뗐다.

관리자님은 구멍 깊숙이 들어가면서 우리한테 그동안의 사정을 설명했다.

"저번에 담이 씨가 발견했을 때는 이곳에 굉장히 짙은 '공포'의 감정 에너지가 있었어요. 문을 열어두고 나간 탓에 제가 왔을 때는 많이 사라졌지만, 담이 씨는 아마 그 공포에 잠식되었을 가능성이 커요. 누구든 발견하면 더 이상 들어오지 못하게 하려는 것이었을 거예요."

나는 설명을 들으며 끄덕였다. 내가 생각해도 지금에 비해 그때 느낀 공포감은 상상 이상이었다. 앞으로 살면서 똑같은 수준의 공포감을 느끼는 건 거의 불가능했다.

관리자님이 말한 것처럼 구멍은 생각보다 훨씬 깊었다. 10분은 족히 걸은 것 같은데도 길은 끝이 보이지 않았다. 신기했던 점은 벽면에도 별사탕이 박혀 있는 것이었다. 구멍의 통로 곳곳에는 아름다운 별사탕이 반짝이고 있었다. 나도 모르게 벽을 만져가며 걷고 있는데 앞서가던 관리자님이 우리를 불러 세웠다.

"이제 곧 문이 하나 나올 거예요. 특별한 건 없지만 다 같이 열어봅시다."

우리는 침을 한번 삼키고 끄덕였다. 얼마 되지 않아 정말로 나무로 된 문이 하나 나왔고 우리는 그 앞에서 문고리를 힘차게 잡고 열었다.

"우와."

내부를 본 내 첫 마디는 감탄사였다. 그 안에는 방 하나는 거뜬히 밝히는 조명과 두 명 정도는 편하게 사용할법한 침구 하나, 널따란 나무 책상과 의자가 하나씩 있었다. 내 생각보다 깔끔했고 아늑해 보이기까지 했다.

"이 방에 조명은 원래 있더라고요. 그래서 별로 손댈 부분이 없었어요."

"누군가가 여기에 살았던 것 같지 않나요?"

앤 님이 물었다.

나 역시도 같은 생각이었다. 마을을 벗어나 끈끈이 폭포의 구멍을 통해 몰래 이곳에서 살아가던 수상한 사람이 존재했다. 그 사람이 범인은 아닐까? 그러던 중 앤 님이 손뼉 치며 말했다.

"아, '두 번째 남자' 그 사람이 여기 살았던 건 아닐까요? 왜 그 사람은 다른 사람들하고 떨어져서 살았다고 했잖아요."

"아, 그럴 수도 있겠는데요?"

내가 맞장구치자 관리자님도 나쁘지 않은 생각이라는 듯 대답했다.

"맞아요. 저와 사장님도 그렇게 생각하던 중이었어요. 그동안 '두 번째 남자'를 봤다는 사람도 없이, 그는 그저 전설로만 남았으니까요. 여기서 은신했을 수도 있죠. 한 가지 의문인 점은 어떻게

이 좁은 곳에서 그렇게 오래 지냈을 수 있었을까 예요."

이곳은 영원히 살 수 있을 것 같지만 사실 50년의 제한이 있다. 아무리 신비로운 곳이라지만 영원히 '저 너머 세계'와의 시간을 끊어둘 수는 없다고 한다. 50년이 다 돼가는 시점에서 사장님과 면담하고 유예기간을 가질지 결정된다. 돌아가도 괜찮겠다는 판단이 서면 '저 너머 세계'로 넘어갈 수 있도록 사장님이 도와주고, 돌아가지 않겠다는 뜻이 확고하다면 이 세계를 위해 일하는 방향으로 돌릴 수도 있다고 한다. 그 얘기를 들으며 나는 자연스럽게 관리자님을 떠올렸다. 관리자님도 이곳에서 50년 넘게 지낸 걸까?

관리자님이 이어서 말했다.

"이곳에서 지낼 수 있는 시간을 50년으로 정해둔 건 사실 사장님 선조들께서 정했기 때문이에요. 정확히 50년이라고 지정할 수는 없지만 대부분 50년 정도가 지나면 문이 찾아온다고 하더라고요. 그 문을 매일같이 지나면 돌아갈 수 있는지 없는지 문이 알아서 판단한다고 해요. 선조 때는 갑자기 사라진 사람들도 많았대요. 그땐 이곳 시스템을 잘 모르던 시절이니까요."

관리자님의 이야기를 들으며 앤 님도 끄덕였다.

"맞아요. 저도 익히 들어서 알고 있어요. 사장님이 특별한 존재인 이유가 바로 거기에 있다고. 이번 대 사장님은 100년이 넘으셨다고 들었어요."

깜짝 놀란 내가 물었다.

"네? 사장님은 100년을 이곳에서 지내셨다고요?"

"네, 놀랍게도 무려 100년이라는 세월을 보내셨네요. 이곳에
서."

앤 님은 나의 물음에 귀엽다는 듯 웃으며 대답했다. 이곳에서
상상도 못 할 기나긴 시간을 보낸 사장님이 대단하다는 생각이 들
었고 문득 '저 너머 세계'에 남겨진 가족들이 보고 싶지는 않을까
궁금했다.

"사장님은 남겨둔 가족들이 보고 싶지 않으실까요? 아니 그것
보다 사장님은 어떻게 사장님이 되신 거예요? 선조님들은 여기서
결혼하신 건가요?"

나는 갑자기 혼돈에 빠졌다. 생각해보니까 사장님은 '첫 번째
남자'의 후손인데 이곳에서 태어나고 자라신 건가 하는 의문이 들
었다. 근데 이곳은 신체나이가 멈춰있기 때문에 성장을 할 수는 없
다. 그럼 뭐지?

나의 질문에 관리자님과 앤 님은 서로를 마주 보며 웃더니 그건
다음에 천천히 알려주겠다고 했다. 정말이지 이곳은 이해가 되지
않는 것투성이다.

우리는 동굴에 맴도는 한기에 슬슬 추워져 서둘러 폭포를 빠져
나왔다. 방 안에서 이렇다 할 단서를 찾지 못해 아쉬웠다. 그렇게

셋이서 숲길을 따라 내려오는데 유독 햇빛이 좋은 오늘, 바닥의 떨어진 나뭇잎 사이로 반짝이는 것이 보였다. 나는 홀린 듯 그 빛에 가까이 다가가 모두를 불렀다.

"저… 여기! 여기로 다들 한번 와보세요!"

나의 외침에 앞서가던 관리자님과 앤 님 모두 무슨 일인가 싶어 나에게로 달려왔다. 두 사람이 달려오는 동안에 나는 나뭇잎을 치워내 반짝이는 것의 정체를 알아내고자 하였는데 그 정체는 아쉽게도 별사탕이었다.

내가 별사탕을 보며 아쉬워하고 있자 나에게로 가까이 온 관리자님과 앤 님이 무슨 일이냐고 물었다. 나는 말없이 손 위에 놓인 별사탕을 보여주었다.

"아쉽네요. 저는 혹시 증거가 되려나 싶어서 불렀던 건데 겨우 별사탕이었어요."

내가 풀이 죽은 상태로 말하자 앤 님은 내 어깨 위로 손을 올려 다독이면서 다른 손으로는 별사탕을 집어 유심히 들여다보기 시작했다. 관리자님도 햇빛에 비추기까지 하면서 집중하는 모습이었다.

"아니, 이거 어쩌면 좋은 증거가 될 것 같아요."

"맞아요. 제가 여기 있는 동안에 본 별사탕 중에서도 제일 특이하게 생긴 것 같아요."

관리자님과 앤 님의 말에 나는 호기심이 일어 다시 별사탕이 떨어져 있던 자리로 돌아갔다. 그 주변에 혹시 몇 개가 더 있나 싶어서 찾아봤지만 아쉽게도 더 이상 보이지 않았다. 아쉬워하는 나와는 달리 관리자님은 환한 웃음을 지으며 말했다.

"그래도 오늘은 큰 수확이 있는 것 같아요. 담이 씨 덕분에 이 별사탕을 발견하지 않았습니까!"

크게 기뻐하며 말해주니 나도 괜시리 기분이 좋아졌다.

"아니, 참 별것도 아닌데요. 뭘. 그래도 이렇게 구멍을 다시 갈 수 있어서 다행이에요. 전보다는 용기가 더 생긴 것 같아요."

"그래요. 폭포는 여전히 아름다우니, 무서운 날에는 끈끈이 폭포 보러 같이 가줄게요. 언제든 말만 해요."

앤 님은 귀찮을 수도 있는데 아무렇지 않게 본인한테 도움을 요청하라고 했다. 나는 진심으로 고마웠다.

아까 주운 특이한 별사탕은 관리자님이 가져갔고 사장님한테 보여드릴 예정이라고 했다. 나와 앤 님은 하루가 이렇게 끝나는 게 아쉬워서 맥주를 가볍게 한잔 마시기로 했다. 이 호프집은 상점가 초입에 자리 잡고 있었다. 이 집도 무려 100년이나 됐다고 한다.

"이 가게 사장님도 이곳이 좋아 오래 머무르며 호프집을 운영하고 계시대요."

앤 님의 말에 나는 정말 놀랐다.

"이제는 말씀해주세요! 이 가게 사장님도 그렇고 '감정적' 사장님도 그렇고 어떻게 100년씩이나 여기 계실 수 있는 거예요? '감정적' 사장님은 어떻게 되시는 거고요?"

나는 정말이지 궁금해 속사포처럼 말을 뱉어냈다. 앤 님은 재밌다는 듯 껄껄껄 웃더니 대답했다.

"흠흠 다시 말해보자면, 이 세계에서 특별한 능력을 갖춘 사람은 단 한 명 '감정적' 사장님인 건 알고 있죠? 특별한 능력을 지닌 사람들은 몇 년이 지나도 문이 나타나지 않는대요. 그 문을 보려면 능력이 없어야만 해요."

"사장님은 능력을 갖고 있어서 오래 계시는 거구나."

"네, 맞아요. 그 능력은 처음 이 '감정적'을 설립한 '첫 번째 남자'가 갖고 있었대요. 그 능력을 지닌 자는 이곳을 관리하는 자가 되어 평생 이곳을 위해 일하고 떠날 때가 됐을 때 조건이 갖춰진 자를 선택해 능력을 전수해준다고 해요."

"능력을 전수한다니요? 어떻게 할 수 있는 거예요?"

"그것까지는 저도 알지 못하지만, 전수하는 이는 다음 대 사장이 되어 이곳을 위해 일하기 시작한다네요. 몇 년을 하는지는 정해져 있진 않지만 보통 이곳에 오래도록 있던 사람이 능력을 전수받고 이곳을 지킨대요. 그래서 아마 사장님의 선조가 5명 정도밖에 안 된다고 했나? 그 짧은 세월 동안 이곳이 이렇게 발전하게 된 거예요."

실제로 자식이 능력을 이어받는 게 아니라 능력을 갖춰도 될법한 자가 능력을 얻는다. 꽤 멋진 생각이었다. 내가 이곳에 있을 때 이곳의 사장님이 바뀔지 아니면 여전히 같을지는 모르겠지만 세대교체가 되는 순간을 지켜보는 것은 꽤 재밌을 것 같다는 생각이 들었다.

"그럼 이 호프집 사장님은요?"

"호프집 사장님처럼 '저 너머 세계'에 뚜렷한 뜻이 없고 이곳에서 지내는 게 더 좋은 사람들이 간혹 있어요. 그러면 처음 몇 번은 '저 너머 세계'로 넘어갈 문이 찾아오는데 어떻게 된 영문인지는 모르지만 저렇게 남아계시네요. 그것까지는 물어보지 않아서 잘 몰라요. 제가 만약 그런 상황이 온다면 알게 되겠죠."

그렇게 말하는 앤 님의 눈이 조금 슬퍼 보였다. 어쩌면 앤 님도 고민하고 있을지 모른다. 나는 정확히 앤 님이 이 세계에 몇 년간 있었는지는 모르지만, 한가지 사실은 안다. 나와 있는 동안에 앤 님은 감정 게이지를 채우지 않았다. 일을 하며 사람들의 감정을 돕지만 끈끈이를 넣는 횟수는 극히 드물었다. 그거 하나만으로도 나는 앤 님의 고민을 읽을 수 있었다.

그 사이에 우리가 주문한 시원한 맥주 두 잔이 나왔다. 이렇게 있다 보면 내가 이상한 세계에 왔다는 감각이 전혀 느껴지지 않았다. 이렇게 익숙해지는 건가 싶어 조금 씁쓸해지던 찰나에 우리는 곁을 지나가던 사람들의 말을 들을 수 있었다.

"너 그거 알아? 이 별사탕만 있으면 금방 '저 너머 세계'로 돌아갈 수 있다는 거."

나와 앤 님은 동시에 고개를 돌려 그 사람들을 쳐다봤다.

"들었어요?"

"네, 저도 들었어요."

우린 확신의 끄덕임과 함께 당장 먹던 것을 내려놓고 가게를 빠져나왔다. 바로 나왔는데 아까 가게를 나간 사람들이 보이지 않았다. 끝까지 보이지 않자, 우리는 결국 다시 가게로 돌아왔고 남아 있던 맥주를 마시며 내가 물었다.

"방금 말한 거 그 별사탕인 것 같지 않아요? '저 너머 세계'로 돌아가는 사람들이 기하급수적으로 늘어난 증거!"

"네, 맞는 것 같아요. 저도 흠칫했어요."

"그게 뭘까요? 사람들 사이에선 이미 소문이 도는 것 같은데."

"그러게요. 내일부터는 카페에서 일해야겠어요. 아는 사람들한테 제가 한번 물어볼게요!"

"좋아요. 저는 그럼 이리저리 옮겨다니면서 혹시 몰래 나누는 대화가 있는지 들어볼게요."

우리는 마치 첩보작전을 세우듯 각자의 역할을 짜고, 남아있던 맥주를 들이켠 후 신속하게 집으로 돌아갔다. 내일은 아침 일찍부터 일을 나가 소문을 알아차리고 말겠다는 의지였다.

그렇게 나는 집에 돌아와 침대에 앉아 잠시 생각했다. 끈끈이 폭포의 구멍, 숲길에서 찾은 불투명한 별사탕, 사람들 사이에 도는 소문, 계단을 오르는 사람들. 아, 불투명한 별사탕? 갑자기 나는 일주일 전 된장찌개 가게 사장님한테 받은 별사탕 꾸러미가 생각났다. 아니, 내가 왜 이걸 지금 생각했지? 나는 바로 책상 위로 달려가 내가 그때 내려놓고 까맣게 잊은 별사탕을 들어 하나를 꺼내 보았다. 분명히 오늘 낮에 봤던 별사탕과 느낌이 비슷하다. 내일은 근무지에서 염탐하는 것보다 더 유익한 일을 할 수 있을 것 같다는 예감이 들었다.

10

의문의 오두막과
아이

지난밤 나는 잠을 설쳤다. 아침에 일어나자마자 의문의 별사탕 꾸러미와 종이 한 장을 들고 앤 님의 집으로 향했다. 앤 님 문에 [이걸 보는 즉시 관리자님 사무실로 올 것 -담이-] 라고 적힌 종이를 끼워두고 돌아섰다. 그러곤 관리자님의 사무실로 달려갔다. 관리자님이 새벽부터 출근한다는 것은 이미 공공연한 사실이었다. 하지만 이른 시간이긴 했으므로 나는 관리자님이 꼭 있기를 빌면서 문 앞으로 다가가 두드렸다.

"들어오세요."

"관리자님, 저 담이에요."

"오, 담이 씨 어서 들어오세요."

관리자님은 인자한 웃음을 머금은 채로 나를 맞이했다. 나는 들어가자마자 들고 있던 꾸러미를 관리자님한테 바로 건넸다. 관리자님은 안경을 슬쩍 올리며 내가 건넨 꾸러미에 관심을 보였다.

"이건 뭐예요?"

"제가 얼마 전에 한 식당을 들렀는데 거기 사장님이 주신 거예요. 어떤 단골이 '감정 증폭제' 대신에 쓰면 좋다고 말하며 줬대요."

"감정 증폭제를 대신해서요?"

"네, 아마 제 기억엔 그래요. 가게 사장님이 자기는 필요 없다고 저 쓰라고 주신 거거든요. 이게 왠지 어제 숲길에 떨어져 있던 별사탕이랑 비슷한 것 같아서요."

내 말에 관리자님은 꾸러미를 조심스럽게 열어 몇 알 꺼내더니 유심히 관찰하기 시작했다. 그리고는 한 알을 골라 감정 증폭제가 있는 쪽으로 가더니 비슷한 색깔의 한 알을 꺼내, 다시 여러 기구가 모여있는 책상으로 갔다.

"담이 씨, 이쪽으로 와보시겠어요?"

나는 그전까지 멀뚱히 서있다 그의 부름에 곁으로 따라갔다.

"이건 현미경이랑 비슷한데 여기선 별사탕의 순수함 정도를 구별할 때 써요. 자, 여길 한번 보시겠어요?"

나는 관리자님의 말에 일반 감정 증폭제가 놓인 현미경을 들여다봤다. 감정 증폭제는 패턴이 일정하고 별다른 특징이 없는 것 같아 보였다. 그리고 바로 옆에 놓인 의문의 별사탕이 올려진 현미경을 봤다. 이건 신기하게 여러 알갱이가 보였다. 그 알갱이들은 색이 조금씩 달랐다.

"흠, 이거는 여러 색이 혼합됐나 보네요?"

"네, 그런 것 같아요. 사실 저희가 생산하고 있는 감정 증폭제는 최고로 순수하게 만듭니다. 단순히 색을 섞으면서 만들어질 수는 없어요. 근데 이거는 누군가가 의도적으로 여러 별사탕을 섞은 것 같아요. 자세히 보시면 일정한 패턴으로 알갱이들이 배열되어 있어요. '저 너머 세계' 사람들이 만들어내는 별사탕은 대부분 감정이 혼합되어 있어 굉장히 불규칙한 패턴을 보입니다. 비교해 보건대 이건 누가 의도적으로 만들어낸 것 같아요."

내가 현미경을 들여다보며 관리자님의 설명을 듣고 있을 때 누군가 문을 두드리는 소리가 들렸다.

"저예요!"

앤 님이 큰소리로 말했다.

관리자님이 문을 열어주자 허겁지겁 달려온 듯 크게 숨을 몰아쉬는 앤 님이 보였다. 앤 님이 나를 발견하고는 말했다.

"이 쪽지는 뭐예요? 너무 궁금해서 보자마자 뛰어왔어요!"

나는 얼른 이쪽으로 와보라는 손짓을 하고 현미경을 양보했다. 관리자님은 앤 님한테도 똑같이 설명했다.

"근데 이 꾸러미는 어디서 난 거예요?"

설명을 다 들은 앤 님은 바로 나에게 물었다. 나는 된장찌개 사장님이 주셨다고 말했다. 앤 님은 내 말을 듣고 곰곰이 생각하더니 곧바로 말했다.

"아무래도 누군가 상점을 돌아다니며 이 별사탕을 뿌리고 있나 보네요."

나도 끄덕이며 대답했다.

"그 단골이라는 사람을 찾으면 좋을 것 같은데요."

미안하다는 표정을 지으며 관리자님이 우리에게 말했다.

"혹시 염치없지만 두 분이 그 단골이라는 사람을 찾아주실 수 있나요?"

"당연히 가능해요!"

"저희한테 맡기세요!"

이곳에 새로 유입되는 사람들을 안내해줘야 하는 관리자님은 시간을 오래 비울 수가 없었다. 반면에 우리는 자유로웠으므로, 나와 앤 님은 둘이서 다시 그 식당에 가보기로 하였다.

미지의 누군가를 찾는다라, 왠지 탐정이 된 기분이 들어 살짝 설레면서도 긴장됐다. 우리는 떨리는 마음으로 가게를 향해 걸어갔다.

"가게 사장님도 공범일 가능성이 있을까요?"

나의 말에 앤 님은 미소를 짓더니 말했다.

"그 사장님도 이곳에 꽤 오래 계셨어요. 감정 게이지를 채우는 일을 더 이상 하고 계시지 않다는 말이에요."

앤 님의 말에는 사장님을 향한 신뢰가 담겨 있었다. 나 역시도 한번 봤지만, 사장님은 이번 일과 관련이 없을 거라고 무의식중에 판단하고 있었다.

❀ ❀ ❀

"안돼."

사장님한테 별사탕을 준 사람이 누군지 묻자 가게 사장님은 단호히 알려줄 수 없다고 했다.

"아, 엄마 왜요~"

앤 님은 사장님을 엄마라고 부르는지 애교도 살짝 섞어가며 말했다.

"그 사람이 주면서 나만 꼭 알고 있으라고 했어. 자기도 비밀에 부치고 싶은 일이겠지. 그걸 내가 말할 권리는 없어."

가게 사장님의 말에는 단단한 씨앗이 있는 것 같았다. 그 어떤 설득에도 넘어가지 않을 듯한 자신만의 강단 말이다.

"엄마 있지, 그 별사탕 진짜 위험한 걸지도 몰라."

"그걸 네가 어찌 안다고 그래?"

"요즘 알지? 여기 어수선한 거. 글쎄 어제는 '저 너머 세계'로 돌아가는 사람들이 백 명이나 됐대. 계단이 꽉 막혀서 다 못 나갈 정도로 많았다는 거야."

앤 님의 말에 사장님은 일하다 말고 우리 쪽을 흘끗 쳐다봤다.

"그래도 안 되는 건 안 돼."

"아, 엄마~"

앤 님과 사장님은 한참 동안 실랑이 했다. 그사이 나는 조용히 가게 한쪽에 자리 잡았다. 이곳은 다시 와도 참 정다운 곳이었다. 사장님이 별사탕을 준 범인에 대한 정보를 함구한다면 우리는 새로운 대책을 마련해야 했다. 당연히 알려줄 것이라는 기대에 아무 대안도 만들지 않았었는데, 나 혼자라도 생각해둬야겠다 싶었다.

일단 이곳 마을은 '감정적' 사장님의 영역이기 때문에 사장님이 모르는 사람이 있을 리가 없다. 그러니 마을에서는 '두 번째 남자'의 소행으로 의심되는 흔적은 찾기 어려울 것이다. 그렇다면 구멍이 있던 끈끈이 폭포 주변이나 그 숲속에 근거지가 있을 가능성이 있다. 근데 그걸 어떻게 찾는담.

내가 한참을 고민하고 있는데 앤 님이 사장님을 설득하는 데 성공했는지 환호성을 질렀다.

"엄마, 정말 고마워! 이 은혜 잊지 않을게!"

"아휴, 알았어. 그럼 밥 먹으러 오면 눈짓해줄 테니까 알아서들 해결해."

나는 내 곁으로 다가오는 앤 님한테 물었다.

"여기 사장님을 엄마라고 부르시네요?"

내 말에 앤 님은 싱긋 웃었다.

"연습이에요, 연습. 나중에 나가면 엄마를 다정하게 부르고 싶어서요. 그리고 여기 사장님이 정말 엄마같이 잘해주시기도 하고요."

앤 님은 사장님을 물끄러미 보며 말했다. 사장님을 보는 앤 님의 눈빛은 그리운 누군가를 보는 듯하면서도, 사장님을 향한 애정도 담겨있었다. 내 생각보다 더 사장님에 대한 앤 님의 마음은 깊어 보였다.

그렇게 우리는 기약 없는 기다림을 시작했다. 사장님 말로 그 의문의 남자는 3~4일에 한 번 정도는 와서 밥을 먹고 간다고 하였다. 우리는 사장님의 재료 손질 같은 일을 도우며 누가 오는지 지켜봤다. 사실은 사장님을 돕는 일이 즐거워 시간이 어떻게 가는지도 몰랐을 정도였다. 내가 칼질을 서툴게 하고 있자 사장님은 재료가 다 망가진다면서 나한테 칼을 제대로 사용하는 법을 알려줬다. 나는 그 덕에 꽤 봐줄 만하게 재료를 손질할 수 있게 되었다. 된장찌개 만드는 건 곁눈질로 살짝 봤는데 눈대중으로 모든 계량을 끝내는 사장님 덕에 제대로 알아낼 수가 없었다. 내가 그렇게 사장님 옆에서 요리 비법을 훔칠 동안 앤 님은 뒤뜰에 자란 채소 가꾸기에 여념이 없었다. 흙냄새가 그렇게 좋다며 종일 뒤뜰에서 나올 생각을 안 했다. 그렇게 며칠을 보낸 어느 날이었다.

"저기 왔어."

우리는 그 말에 동시에 고개를 돌려 그 사람을 봤다. 꽤 멀쑥하게 생긴 남자는 이곳에서 오랜 시간 있었던 것 같지는 않았다. '두 번째 남자'의 부하인가? 하는 생각이 스쳐 지나갔다. 우리는 아쉽지만, 사장님한테 인사하고 나갈 준비를 하였다. 며칠 있었는데 그새 정들었는지 떠나기 싫었지만, 우리는 맡은 임무가 있었다.

그 남자가 밥을 다 먹고 나갈 때 맞춰서 몰래 따라갔다. 생각해 보니 우리가 저 사람을 어떻게 해야 하지? 라는 생각이 들었으나 발은 계속 부지런히 움직였다. 그 사람이 인적 드문 골목으로 들어가자 우리도 성급히 따라가 그 사람을 불렀다.

"저기요!"

"네??"

숨겨놓은 것을 들킨 듯 깜짝 놀란 남자가 몸을 부르르 떨며 뒤돌아봤다.

"저도 그 별사탕 주세요!"

어떻게 해야 할지 모르겠어서 앤 님과 상의도 없이 나는 그냥 질러버렸다. 앤 님은 내가 막무가내로 뱉은 말에 놀라 나를 쳐다보면서도 맞장구를 쳐주었다.

"마… 맞아요. 저희가 된장찌개 할머니랑 친한데 당신이 줬다는 그 별사탕 저희도 갖고 싶어요."

우리 말에 영문을 모르겠다는 표정을 짓던 남자는 된장찌개 할머니라는 말에 이제야 알겠다는 듯 미소를 지었다.

"아, 그게 필요하신 거면 빨리 말씀하시지. 저한테 지금 없는데."

"네?? 없다고요??"

이번에도 실패인가 싶어서 절망에 빠질 무렵 의문의 남자는 말을 이었다.

"네, 저는 곧 '저 너머 세계'로 갈 거거든요. 아, 이제는 진짜 현실인건가. 다 그 별사탕 덕분이에요."

우리는 '저 너머 세계'로 가는 사람들이 많아진 사건과 별사탕이 확실히 연관이 있다는 걸 알게 되어 무척이나 기뻤다. 하지만 들키면 안 됐으므로 모르는 척 다시 물어봤다.

"네? 그게 도대체 뭐길래 곧 가시는 거예요?"

"아, 자세히는 모르시는구나. 어쩐지 많이 퍼진 게 이상하다 싶었어."

남자는 혼잣말을 하며 고민하는 듯 보였다. 우리는 남자가 말이 없자 조급해지기 시작했다.

"저희도 그 별사탕을 얻을 방법을 알려주시면 안 될까요? 저도 얼른 돌아가야 하는 일이 있어요."

남자가 쉽게 알려줄 것 같지 않자 나는 불쌍해 보여야 한다는 생각이 들어 최대한 슬픈 듯이 말했다. 내가 그렇게 말하자 앤 님은 아무 말 없이 내 어깨를 토닥였고 나는 손을 들어 눈물을 훔치는 모양새를 보였다.

우리의 모습에 결심이 섰는지 의문의 남자가 말했다.

"알겠어요. 두 분이면… 괜찮을 것 같네요. 저를 따라오세요."

우리는 마음속으로 기쁨의 환호성을 지르며 의문의 남자를 따라갔다. 의문의 남자는 골목길을 통해 마을을 벗어나 점점 산 쪽으로 걸어갔다. 앤 님은 남자가 인적이 드문 곳으로만 이동하자 무서운 듯 나에게 조용히 말했다.

"근데 있잖아요. 점점 으슥한 곳으로 가고 있는 것 같지 않아요?"

"제가 생각을 해봤는데 두 번째 남자의 은신처는 구멍이었잖아요. 그러니까 자리를 옮겼어도 숲을 벗어나지는 않았을 것 같더라고요. 왜냐하면 마을은 사장님이 꽉 붙잡고 있으니까."

나의 말에 조금은 이해가 간다는 듯 앤 님은 끄덕였지만, 나의 팔을 붙잡은 앤 님의 손에는 힘이 더 실렸다.

우리는 한참을 걸어 숲속으로 들어갔다. 우리가 '끈끈이 폭포'로 갈 때 지났던 정갈한 숲길이 아니라 길을 만들어 가는 수준이었다. 가는 길에 그분은 자신이 만들어둔 표식을 하나하나 알려줬다.

"길 찾기가 어려워서 리본으로 표시했어요. 이것만 따라가면 쉽게 찾아갈 수 있을 거예요."

우리는 다음번에 관리자님을 데려올 때도 헤매지 않게 의문의 남자가 만들어둔 표식의 위치를 하나하나 기억하며 걸었다. 이제 거의 다 왔다는 말과 함께 의문의 남자가 우리 쪽으로 몸을 돌렸다.

"이제 곧 다 와 가요. 어떻게 말해야 하나 고민이 많았는데 여러분 덕분에 좀 더 수월할 것 같아요. 제가 한가지 당부하고 싶은 게 있는데 저기 있는 아이는 굉장히 외로운 아이예요. 저는 저 아이 덕분에 이곳에서 빨리 떠날 수 있게 되었지만, 저 아이는 다시 혼자가 될 거예요. 이렇게 만난 것도 인연인데 앞으로 자주 와서 놀아주실 수 있나요?"

우리는 영문도 모른 채 알겠다고 하였다. 우리는 분명 '두 번째 남자'와 관련된 사건을 파헤치고 있다고 생각했는데 그 최종 장소에 갑자기 어떤 아이가 있다고 하니 떨떠름할 따름이었다.

우리가 도착한 곳은 숲속에 지어진 작은 오두막이었다. 오두막 자체는 깔끔하고 정갈했으나 그 주변은 우리의 허리까지 자란 잡초가 가득했다. 입구까지 이어지는 길은 그 잡초를 무참히 밟아 쓰러뜨려 놓은 상황이었다.

"용아, 나왔어. 문 열어줄래?"

'용'이라는 이름을 가진 아이를 부르며 남자는 문을 열어달라고 크게 소리쳤다. 남자의 말에 저 멀리서 쿵쾅거리는 소리가 들리더니 문이 활짝 열렸다.

"형아, 왔어?"

귀엽게 형아라고 부르며 신나게 뛰어오던 아이가 우리를 보더니 놀라며 문을 다시 닫았다.

"애가 사람을 많이 가려요. 친해지려면 시간이 조금 걸릴 거예요."

나는 문이 열린 그 짧은 찰나에 아이와 눈이 마주쳤다. 그 순간 마음속에 남아 있던 경계심이 눈 녹듯이 사라졌다. 대신에 긴장과는 다른 묵직한 마음이 그 자리를 메웠다.

"용아, 무서운 사람들 아니야. 문 다시 열어줄 수 있을까?"

남자의 달래는 말투에 용이는 천천히 문을 열어 우리를 관찰하기 시작했다. 그 눈엔 적대감이 섞여 있었으나 우리는 낯선 사람이니까, 나는 그 눈빛이 이해됐다. 그것보다 나는 아이를 돌봐본 경험이 없어서 다정하게 대할 줄을 몰랐다. 그래서 앤 님을 쳐다봤는데 앤 님은 이미 이 아이에게 사랑에 빠진 눈을 하고 있었다.

"어머, 안녕! 꼬마야! 이름이 '용'이니? 너무 잘 어울린다. 나는 그냥 앤이라고 불러줄래? 내가 '빨간 머리 앤'을 좋아하거든."

앤 님의 말에 용이는 대답 없이 흘끔 쳐다보더니 안으로 쏙 들어갔다. 하지만 문을 닫지는 않았으므로 들어와도 된다는 뜻인 것 같았다. 앤 님의 활기찬 반응에 의문의 남자도 놀란 듯 한 번 크게 웃더니 먼저 오두막으로 들어갔다. 우리에게도 들어오라는 말을 잊지 않았다.

오두막은 꽤 넓고 깔끔했다. 아이는 초등학생 정도로 보였는데 낯선 이들의 방문이 어색한지 의문의 남자 옆에 꼭 붙어서 떨어지지 않았다. 나는 일부러 아이 쪽에 시선을 두지 않고 오두막을 둘러보는 척하였다. 아무도 말을 하지 않자 남자는 목을 가다듬고는 입을 열었다.

"용아, 이분들은 너의 별사탕이 갖고 싶어서 오신 분들이야. 인사할래?"

"안녕… 하세요."

남자의 말에 용이는 아주 작은 목소리로 인사했다. 나와 앤 님은 사람 좋은 미소를 지으며 손을 흔들었다. 어디서 봤는데 아이를 대할 땐 환한 미소를 유지해야 한다고 했다. 그래야 자신을 좋아한다고 생각해서 경계심을 푼다나?

"안녕, 용아! 나는 그 별사탕을 꼭 갖고 싶어서 이렇게 찾아왔어. 괜찮니?"

앤 님은 아주 자연스럽게 용이한테 말을 걸었다. 용이는 밝은 앤 님의 모습을 보고 관심을 보였다. 앤 님이 어느새 용이 앞까지 다가가 말을 거는 모습을 보면서 나는 남자한테 별사탕에 관해 물어봤다.

"저 별사탕이 뭐길래 '저 너머 세계'로 금방 갈 수 있다는 건가요?"

나의 물음에 남자는 흐뭇하게 용이를 보고 있다가 나에게로 시선을 옮겼다.

"저 별사탕을 사용하면 신기하게도 감정 게이지가 금방 차더라고요. 그래서 저도 몇십 년 걸렸을 일을 몇 달로 단축할 수 있었어요. 사실 용이랑 노느라 일을 못 했던 시간에도 일을 했다면 더 짧은 시간에 게이지를 다 채웠을 거예요."

나는 뜻밖의 소식에 놀랐다. 내가 놀란 것을 눈치챘는지 남자는 이어 말했다.

"제가 이따 별사탕 몇 개 챙겨드릴게요. 일할 때 사용하시면 유용할 거예요. 물론 제가 떠날 날이 얼마 남지 않았으니 나중에 더 드릴 순 없겠지만요. 그땐 용이한테 부탁해보세요."

그의 말이 끝나자 우리의 옆에서 무언가 떨어지는 소리가 들렸다.

"그게 무슨 말이야…? 떠난다니…?"

남자의 뒤쪽으로 용이가 컵을 떨어뜨린 채 서 있는 모습이 보였다. 남자는 당황한 나머지 빠르게 설명하지 못했고 용이는 울음을 참고 있었다.

"용아, 그게 아니라."

용이는 그대로 자리에 주저앉아 펑펑 울었다. 그 옆에서 당황한 앤 님은 용이를 뒤에서 살짝 안았으나 용이는 낯선 손길에 놀라 다시 남자한테로 달려갔다. 남자는 달려온 용이를 안고 그가 진정될 때까지 기다렸다. 그의 울음이 사그라들 때쯤 남자는 말했다.

"용아, 내가 네 덕분에 감정 게이지가 거의 다 채워졌다고 했었지? 그래서 내가 현실로 돌아갈 수 있게 되었어. '저 너머 세계' 알지? 네가 원래 있던 곳 말이야."

"돌아간다고? 거기로? 그러면 나는?"

남자의 말에 아이의 표정은 급속도로 일그러졌다. 아마도 남자가 아이의 유일한 말벗인 것 같았다.

"거짓말쟁이! 내가 그냥 싫어져서 날 떠나려는 거지? 저 별사탕은 다 핑계고 맞지?"

아이가 눈물을 흘리며 말하는 와중에 손으로 가리킨 쪽에는 별사탕이 담긴 소쿠리가 하나 있었다. 아마도 그게 남자가 된장찌개 사장님한테 건네준 그 별사탕인 것 같다.

"아니야, 용아. 네가 싫어져서가 아니야. 정말로 너의 별사탕이 나에게 큰 힘이 되었어. 너한테 정말 고마워."

남자의 진심 어린 말에도 아이는 눈물이 멈추지 않는지 펑펑 울다가 듣고 싶지 않다는 듯 자리를 박차고 일어났다. 하지만 우리가 있자 어떻게 해야 할지 몰라 당황한 것 같았다. 그 순간 앤 님이 갑자기 아이를 번쩍 들어 올리더니 꼭 안았다.

"아이고, 우리 용이. 마음속에 상처가 많은가 보구나. 얼마나 아팠을까."

갑작스러운 상황에 용이는 놀란 듯했지만, 앤 님의 따뜻한 손길에 어느새 마음 놓고 꼭 안긴 채 눈물을 펑펑 쏟아 냈다. 그렇게 한참을 앤 님은 아이를 안고 오두막 안을 걸어 다녔으며 나는 그사이에 이 남자에게 궁금한 것을 물어봤다.

"용이는 어떻게 이곳에 있는 거예요?"

"저도 오두막과 용이가 어디서 왔는지에 대한 건 잘 몰라요. 한 가지 알고 있는 건 용이는 이곳에 들어올 순서가 아니었는데 누군가 들어올 때 몰래 따라온 것 같더라고요."

"따라 들어오는 게 가능한가요?"

"제가 혹시 몰라서 제 게이지를 용이한테 채워봤는데 감정 게이지가 텅 비어있었어요. 그래서 이곳에 들어오는 게 가능했나 봐요. 근데 관리자님이 모르니 용이는 이곳을 안내받지 못한 채 떠돌았다고 해요."

용이는 혹시나 사람들에게 들켜 쫓겨날까 봐 사람들이 없는 곳으로 도망 다니며 지냈다고 한다. 배가 고프지 않다는 것 그 사실 하나로 이곳이 다른 세계라고 어렴풋이 느꼈다고 한다. 그렇게 떠돌던 용이를 누군가가 거뒀다.

"그 사람의 이름을 말하진 않았지만 용이와 처음 마주친 남자가 용이를 데려다 이런저런 얘기도 해주며 같이 지냈다고 해요. 그 사람은 용이를 지극정성으로 대했고 용이도 믿고 따랐나 봐요. 그러다 어느 날 이 오두막에 별사탕 한 꾸러미와 자기가 누워있었대요."

그 사람이 대충 '두 번째 남자'가 아닌가 싶었다. 함께 끈끈이 폭포에 있는 구멍에서 지냈던 건가?

"버려졌다는 생각에 용이는 이 오두막을 나오지 못했고 그렇게 시간이 꽤 흘렀나 봐요. 아주 오랜 시간이. 그러다 저를 만나게 됐어요."

이 남자는 원래부터 돌아다니는 걸 좋아했다고 한다. 그래서 감정 게이지가 어느 정도 채워져 성격이 돌아오기 시작하자 사람들이 없는 산속을 열심히 타고 다녔다. 그렇게 몇 날 며칠을 새로운 길을 탐험하던 중 발견한 것이 바로 이 오두막이었다.

"이곳에 오두막이 있는 게 신기했어요. 여기에 사는 사람이 궁금해 문을 두드렸더니 아무 대답이 없는 거예요. 그래서 오두막을 한 바퀴 삥 둘러봤죠. 이곳을 제가 머물 곳으로 삼고 싶기도 했고요. 그렇게 천천히 둘러보고 있었는데 문이 끼익 열리더니 '이제 갔나?' 하는 아이 목소리가 들리는 거예요. 그렇게 만났어요. 저희는."

오두막에 갇혀 두려움에 떨던 아이는 시간이 흐르는 것도 느끼지 못한 채 이곳에 오래도록 있었다. 그리고 시간이 지난 후 우연히 주변을 지나가던 남자 덕분에 발견되고 아이의 시간은 다시 흐르게 된다.

"문제는 사장님한테 바로 말하려고 했는데 아이가 낯선 사람을 너무 무서워하는 거예요. 처음에도 문을 사이에 두고 얼마나 대치했는지. 두 분이 빨리 들어올 수 있었던 건 다 제 덕분이에요. 정말."

거의 이 주일 가까이 되는 시간 동안, 남자는 매일같이 찾아와 문을 두드렸고 초콜릿을 문 앞에 두고 갔다. 아이는 누군가가 오면 오랜 시간이 지난 후에 꼭 한 번은 문을 열어봤기 때문에 초콜릿이 있다는 걸 알았고, 그렇게 14개의 초콜릿은 아이의 마음의 문을 열어주었다.

"초콜릿을 앞에 두고 갔는데 다음날 사라져 있는 게 꽤 기분이 좋더라고요. 그래서 일부러 편안함, 행복, 즐거움 그런 감정이 가득한 초콜릿을 놓다가 마지막에는 호기심이 한 방울 들어간 초콜릿을 놓고 갔어요. 그게 기가 막힌 한방이었다고 생각해요."

호기심 초콜릿을 먹은 아이는 다음날 문을 두드리자마자 바로 열었다. 드디어 문이 열리자 기쁜 나머지 남자는 초콜릿을 한가득 아이의 손에 쥐여 주면서 '이제는 감질나게 하나씩 말고 한꺼번에 먹어'라고 말했다. 그 모습이 아이의 눈에 멋있어 보였다라나?

"초콜릿을 통 크게 한아름 주니까 애 눈이 반짝반짝해져서는 그때부터 편하게 들어와 친하게 지냈어요. 경계심은 많지만 착하고 속 깊은 아이예요. 아마 그전에 같이 지낸 사람이 이 세계에 대한 이야기를 자주 해줬나 봐요. 그래서 어느 정도는 다 알고 있더라고요. 그래서 저한테도 자주 그랬어요. 혹시 돌아가고 싶냐고. 처음에는 전혀 생각이 없었지만, 최근에야 다시 용기를 얻었어요."

그렇게 아이와 시간을 보내던 어느 날, 아이가 별사탕을 내밀었다. 자신이 같이 지냈던 사람이 주고 간 건데, 그가 항상 이렇게 말했다고 한다. '이 별사탕만 있으면 이곳에 있는 누구든 즐겁게 해줄 수 있어'라고. 그러니까 내가 형아를 즐겁게 해주고 싶다고.

"저는 그 별사탕을 받고 색이 너무 불투명해서 솔직히 그리 반갑지는 않았어요. 그래도 애가 준 건데 기쁘게 받고 집에 와서 유심히 봤죠. 이 별사탕은 어디서 난 걸까… 그렇게 일하는 와중에도 손에 들고 계속 생각하다가 감정 증폭제 넣는 걸 까먹어 버린 거예요. 그래서 급하게 움직이다가 감정 증폭제를 넣는 깔때기에 이걸 떨어뜨렸어요."

본인의 실수에 경악을 지르던 와중에 별사탕은 살뜰히도 부서져 남자가 지켜보던 사람에게로 뿌려졌고 그는 그 당시 엄청난 죄책감에 휩싸였다고 한다.

"어떤 별사탕인지도 확실하지 않은 상태에서 누군가에게 뿌려진 거니까 너무 당황했어요. 분명히 큰 실수를 저질렀으니까 이걸 어떻게 수습해야 하나 싶을 때 제 손목의 감정 게이지가 알려주더군요. 제 감정이 저번 수치보다 100배나 더 올라간 것을요."

솔직하게 말해서 이게 무슨 오류인가 싶었다고 한다. 그때 분명히 본인이 맡은 사람은 행복감을 크게 느끼고 있었는데 그 행복감이 원래 올라가야 하는 수치보다 훨씬 더 올라갔고, 그 순간에 본인이 느낀 당혹감의 수치와 비슷했다고 한다.

"그때 알았어요. 이 별사탕에는 진짜 이상한 힘이 있다는 걸. 끈끈이를 넣어도 넣어도 별사탕이 안 나오는 거예요. '저 너머 세계'에 있는 사람의 감정이 저한테 100% 혹은 더 많이 저의 감정 게이지를 채워준 거죠."

그 이후로 그는 아이에게서 별사탕을 조금씩 받아 자주 들렀던 가게 사장님들한테 나눠줬다. 아이를 소개해 주려고도 했으나 아이의 결사반대로 그건 이뤄지지 않았다고 한다.

"사장님한테 바로 말씀드리기로 마음먹었어요. 아이한테도 별사탕과 너의 존재만큼은 사장님한테 알려야 한다고 했어요. 근데 아이가 그건 절대 안 된다고 하더라고요. '이 별사탕을 준 사람이 이곳의 사장이라는 사람은 만나지도, 저를 알게 하지도 말라 했단 말이에요' 하면서 울더라고요. 무슨 사정이 있는 건지는 모르겠지만 사장님한테 알리는 건 이 아이한테 해가 되는 일인가 싶어서 말았어요."

이 사람 말을 듣고 보니 많은 사람한테 뿌린 것 같지는 않은데 왜 '저 너머 세계'로 돌아가는 사람들이 많아진 걸까?

"그래서 별사탕을 된장찌개 사장님한테 드린 건가요? 보니까 꽤 여러 사람이 가진 것 같은데요."

"이 별사탕 하나가 가지는 위력이 엄청나요. 저는 그 된장찌개 집 사장님한테 드린 만큼씩 다섯 분한테 드렸는데 그분들이 그걸 주변 사람들한테 나눠드린 모양이에요. 저도 요즘 길 가다가 심심치 않게 그런 이야기를 듣곤 했어요. 혹시 무슨 문제라도 있었습니까?"

이 남자는 별사탕으로 발생한 문제를 모르는 모양이었다. 하긴 그럴 수밖에 없는 게 어느 정도 일 하다가 바로 이곳에 와서 용이와 놀았다면, 주변을 신경 쓸 겨를도 없이 재빨리 퇴근했을 테니까.

"요즘 들어 '저 너머 세계'로 돌아가는 사람이 기하급수적으로 늘어났거든요. 계단이 꽉 막혀 제때 올라가지도 못할 정도래요."

내 말을 들은 남자는 조금 놀랍다는 듯이 말했다.

"아, 그런가요? 그렇게 많은 사람한테 퍼졌다니 신기하네요. 역시 좁긴 좁나 봐요. 근데 그게 문제가 되나요?"

"네?"

"아니, 어차피 여기 모인 사람들은 감정을 잃었기 때문인데, 다시 찾고 '저 너머 세계'로 일찍 돌아간다면 좋은 게 아닌가 싶어서요."

나 역시도 생각해 보지 못한 사안이었다. 관리자님이 심각해 보여서 나도 그렇게 여기고 있었는데 모두가 감정을 일찍 되찾고 이곳을 떠난다면 그게 더 좋은 게 아닐까? 내가 고민하고 있을 때 남자의 옆으로 용이가 다가왔다.

"나 너무 갑자기라서 놀랐어. 내가 생각한 것보다 빨리 돌아가게 돼서… 그래서 슬펐어. 아까 그렇게 말해서 미안해."

용이는 고개를 푹 숙인 채 남자의 얼굴을 보지도 못하고 말을 이었다. 지금은 차분히 미안하다고 고백하고 있지만, 속은 그렇지 못하겠지. 본인은 여기 머물러 있는데 주위의 사람들이 떠나간다면 얼마나 속상할지… 내 마음도 멍드는 것 같았다.

"용아, 내 얼굴 봐주라."

남자의 다정한 말투에 용이는 눈물이 범벅된 얼굴을 내밀었다.

남자와 눈이 마주치자 용이의 눈에서 눈물이 쉴 새 없이 쏟아졌다.

"용아, 형이랑 인사하는 시간을 보내면 괜찮을 것 같아?"

남자의 말에 용이의 눈은 동그래졌다.

"정말? 괜찮은 거야?"

"그래, 일주일 동안 우리 재밌게 놀고 그때 인사하자. 어때?"

"정말? 일주일이나? 그렇게 오래 있어도 괜찮은 거야? 나는 좋아. 정말 좋아!"

그렇게 말하며 용이는 방방 뛰었다.

"용아, 알다시피 우리 처음 만났을 때부터 용이가 나 돌아갈 수 있게 응원해준다고 했지?"

"응… 맞아."

용이는 자신이 했던 말이 떠오른 듯 뛰는 것을 멈추곤 시무룩해졌다. 그런 용이를 보는 남자는 마음이 아픈 듯 목소리가 떨렸다. 그래도 용이가 알아채지 못하게끔 표정을 숨기고 단호하게 말했다.

"형이 이제 돌아가기를 원하고, 너도 응원해주기로 했으니까 우리 일주일 동안 인사 많이 하고 씩씩하게 웃으면서 인사하자. 알겠지? 우리 용이 형이 가서 기다리고 있을게."

"응, 알겠어. 그렇게 해볼게."

둘은 만난 지 얼마 되지 않았을 텐데도 서로가 서로에게 각별해 보였다. 나만 그렇게 느낀 건 아닌 건지 저 뒤에서 앤 님은 벌써 눈물을 한 바가지 쏟아내고 있었다. 내가 앤 님한테 다가가자 앤 님은 부끄러운 듯 웃었다.

"아이고, 죄송해요. 제가 주책이네요."

"아니에요, 저도 저 둘을 보면서 뭉클한 마음이 들었어요."

"아이를 보면 항상 이래요. 용이는 너무 대견하네요. 애가 이곳에 온 것도 마음이 아프고, 와서도 힘들었을 텐데 씩씩한 것 같아요."

용이는 내 생각에도 경계심은 많지만 착한 아이로 보였다. 다만 아직 아이임에도 외로움이 마음속 깊이 자라있는 것 같았다. 그런 생각을 하자 내 마음도 시큰해졌다. 용이 마음에 너무 일찍 자리잡은 가시가 안쓰러웠다.

우리는 용이한테 인사하고 셋이서 산길을 따라 내려왔다. 나는 남자에게 묻고 싶은 게 생겼다.

"인사할 시간을 일주일로 잡은 이유가 있나요?"

내 물음에 남자는 나를 흘끗 보더니 말했다.

"아, 큰 이유는 없어요. 그냥 용이한테 일주일이 제일 긴 시간이라 그렇게 말한 거예요."

"긴 시간이요?"

앤 님이 묻자, 남자는 이렇게 말했다.

"네, 아직 어려서 그런가 셈을 잘 못해요. 그래서 시간의 단위를 알려줬거든요. 용이한테 일주일은 길지만, 저한테는 짧죠. 저는 제가 조급하게 여겨야 한다고 생각해요."

"시간이 부족해야 하는 이유가 있나요?"

나는 궁금했다. 그가 그렇게 대답한 이유가. 본인에게는 시간이 짧아야만 하는 이유를.

"그래야 용이한테 '일'하는 법을 좀 더 확실하게 알려줄 것 같아서요."

"용이한테 일을 시킬 생각인가요?"

나는 말이 끝나는 동시에 물었다.

"네, 용이는 아직 일을 못 해서 감정이 별로 없어요. 지금 사실 가장 많이 채워져 있는 것도 우울감이라 다른 감정들은 사람을 만나지 않는 이상 느끼기 어려워요. 밖으로 나오는 건 불가능할 테니 오두막 안에서 해봐야겠지만요."

"정말 좋은 생각이에요."

가만히 듣고 있던 앤 님도 말을 덧붙였다.

"하지만, 그걸 어떻게 할 수 있을까요?"

내가 묻자 남자는 자기에게 다 맡기라는 듯 웃어 보이더니 앞서 걸었다.

"저희도 내일부터 오두막에 들를게요. 용이와 만나는 사람이 많을수록 좋을 것 같아요."

앤 님이 나를 보며 말하자 나도 끄덕였다. 나도 용이가 좋았다. 도와주고 싶다는 마음도 있었다.

우리는 예상치 못한 용이의 등장에 혼란스러웠지만, 오두막을 앞으로 자주 갈 것 같다고 예감했다. 우리와 헤어지기 전 남자는 자신의 이름을 밝혔다.

"지용이라고 부르시면 됩니다. 앞으로 우리 용이도 잘 부탁드릴 게요."

지용 씨의 말에 나와 앤 님은 끄덕였다. 그리고 우리도 지용 씨에게 사실을 고백했다. 그리고 우리한테는 관리자님한테 상황을 알려야 하는 의무가 있다고 말했다. 지용 씨는 고민하더니 용이에 대한 건 빼 줄 수 없냐고 물었으나 나와 앤 님은 알리는 편이 낫다는 입장이었다. 셋의 타협 끝에 용이라는 존재가 있음을 알리는 것까지만 하기로 정했다. 그 이외의 간섭은 하지 않기로 약속했다.

"괜찮겠죠?"

내가 말하자 앤 님은 끄덕였다.

"관리자님은 배려가 많은 분이니 우리와 지용 씨 그리고 용이를 곤란하게 하지는 않을 거예요."

우리는 곧장 관리자님이 일하는 공간으로 향했고, 그와는 우리가 사건을 맡은 후 일주일 만에 보는 거라 걸음은 갈수록 빨라졌다.

"관리자님, 저희 왔어요!"

우리의 외침에 일주일 동안 많이 궁금했는지 관리자님은 한걸음에 달려와 우리를 반겼다.

"어서 오세요, 여러분!"

우리는 서둘러 앉아 대화를 시작했다.

"관리자님, 일주일 동안 별일은 없으셨어요?"

내가 묻자 관리자님이 친절하게 대답했다. 일주일 전보다는 지금이 훨씬 편안해 보여 다행이었다.

"네, 그래도 요 며칠은 돌아가려는 사람들이 적어지더군요. 지금은 어느 정도 수용이 가능할 것으로 보입니다. 여러분은 어떤 소식을 들고 오셨나요?"

관리자님의 물음에 우리는 차례차례 지금까지 보고, 들어온 이야기들을 꺼냈다. 우리는 상황까지 생생하게 전달하고 싶어 그 당시 우리가 했던 생각들을 모두 전했다. 관리자님은 우리가 무턱대고 의문의 남자를 따라갔다고 한 이야기부터는 표정이 어두워지더니 오두막에선 급격히 심각해지다가 그 안에 사는 아이 '용'이에 대한 이야기를 꺼낼 때부터는 표정이 다시 좋아졌다. 우리의 얘기를 다 듣고 난 뒤 관리자님은 곰곰이 생각에 빠졌다.

"일단 생각보다 제가 너무 위험한 일을 맡긴 것 같군요. 정말 죄송합니다. 큰일이 생기지 않아 다행이지만, 모르는 사람을 따라가는 건 이 세계에서도 굉장히 위험한 일입니다."

"저희도 그 점은 무모했다고 생각하고 있어요. 미리 연락이라도 드릴 수 있었으면 좋았을 텐데 핸드폰이 없는 게 정말 아쉬워요."

내 말이 끝나자 앤 님과 관리자님은 의문의 표정을 지었다.

"핸드폰이 뭐예요?"

두 분의 물음에 나는 당황했다. 이 사람들 정말 나와는 다른 세상을 살았구나. 나는 몰라도 된다고 손사래를 치고는 화제를 돌렸다.

"저는 근데 궁금한 게 있어요. 그 별사탕이 정말로 효과가 좋다면 그걸 대신 사용해서 사람들이 빨리 '저 너머 세계'로 가는 게 좋지 않을까요?"

내 말에 관리자님과 앤 님, 둘 다 말이 없었는데 아무래도 꺼낼 말을 고르는 것 같았다. 그리고 잠시 뒤, 앤 님이 먼저 말했다.

"흠… 저는 생각이 다른 게 제가 이곳에 오랫동안 있으면서 느낀 점들이 있어요. 일을 통해 다양한 상황의 사람들을 만나고, 또 이곳의 동질감을 느낄 수 있는, 그러니까 서로의 아픔을 보듬어 줄 수 있는 사람들을 만나 감정을 천천히 채워가니까 정말로 치유되는 느낌이 들었어요. 그렇게 '저 너머 세계'로 돌아갈 결심을 조금씩 만들어 간 것 같아요. 맨 처음에 들어와서 감정이 메말랐을 당시에는 '저 너머 세계'에 대한 열망이 일절 없다가 저에게 맞는 감정을 조금씩 채우다 보니 그곳에서 행복했던 기억들이 떠올랐거든요. 마음속 깊은 곳에서 잠자고 있던 추억들이 서서히 돌아오는 거예요. 그렇게 저는 세상에 나갈 용기를 얻었어요. 물론 돌아가기 직전에 도달한 지금은 두려운 감정이 들긴 하지만 이 두려움을 뛰어넘을 수 있는 또 다른 경험을 해야 제가 마지막으로 용기를 얻을 거라고 생각해요. 그런 경험은 쉽게 찾아오는 게 아니에요. 절대 짧은 시간에 하는 아무 경험으로는 채울 수 없어요. 저는 그러니까 누군가가 만들어 주는 게 아니라 자신을 사랑하고 믿게 되면서 생기는 용기, 스스로 세상과 부딪힐 용기를 만들어내는 경험이 충분히 있어야 한다고 생각해요."

관리자님도 끄덕였다.

"저 역시도 마찬가지의 생각입니다. 저처럼 '저 너머 세계'로 돌아가지 않으려는 사람도 있고, 금방 돌아가고 싶은 사람도 있을 거예요. 마음의 상처가 깊지 않은 사람들은 금방 회복할 수 있겠지만, 이곳에 온 사람들은 달라요. 사람 한 명, 한 명마다의 상처가 다 다르기 때문에 그들은 충분히 위로받아야만 하는 의무가 있어요. 적어도 이곳에 들어온 이상은요. 애초에 '저 너머 세계' 그니까 현실에서 이곳에 오기까지 주어졌던 상황은 다시 돌아가도 그대로예요. 그중 바꿀 수 있는 건 본인 자신뿐입니다. 충분한 시간이 필요해요. 선조분들이 최대 시간을 50년으로 정해둔 이유가 있다고 생각합니다. 솔직히 말해서 걱정이 큽니다. 성급하게 돌아갔다가 혹여나 다시 돌아오게 될 일이 생기지는 않을지…"

두 분의 말을 들으며 나는 아직 도달하지 못한 깊은 고민의 흔적을 찾을 수 있었다. 나 역시 아까 앤 님이 말한 그대로의 상태이다. 나는 아직 돌아가고 싶은 생각이 눈곱만큼도 없다. 늦출 수 있다면 최대한 늦게 가고 싶은 마음도 든다. 나의 마음은 현실을 외면하고 있는데 그 마음이 '일상으로 돌아가고 싶다', '가서 이겨내고 싶다'라는 마음으로 바뀌려면 얼마나 오래 걸릴지 상상도 잘되지 않았다.

관리자님이 사장님한테 이 상황에 대해서 전하기로 하고 우리는 각자 집으로 향했다. 사건이 생기고 그것을 해결해 나가는 상황에서 살아있음을 느꼈다. 나도 모르는 새로운 감정에 신기한 기분이 들었다. 확실히 이렇게 내가 스스로 느끼는 감정은 감정 게이지의 수치가 일할 때와는 다르게 꽤 높게 치솟았다. 아직 용이는 이런 감정을 느끼지 못할 것이다. 나도 이곳 사람들의 도움을 받아 마음이 풍부해진 것처럼 용이에게도, 그런 도움을 줄 수 있는 사람이 되고 싶다.

11

무너지기 시작하는
세계

　나와 앤 님은 그 다음 날에도 지용 씨와 함께 용이의 오두막을 찾았다. 오두막을 향해 오르면서 우리는 지용 씨가 용이에게 어떻게 일을 가르쳐 줄지에 대해 한참을 토론했다. 우리가 은근슬쩍 물어봐도 지용 씨는 별다른 말없이 웃기만 했다. 나는 대충 비슷한 장비를 구해오려나 싶었는데 그의 손에는 아무것도 들려있지 않았다.

　똑똑-

　"나야, 용아."

　지용 씨의 목소리를 들었는지 용이는 문을 살짝 열었다. 그러곤 나와 앤 님의 얼굴을 번갈아 확인하더니 문을 활짝 열어 놓고 집 안으로 쏙 들어갔다.

나는 오늘 용이와 친해지고 싶었다. 그래서 나올 때 사탕이랑 젤리를 잔뜩 챙겼다. 첨가물은 당연 '호기심'이었다. 나에 대한 호기심을 잔뜩 품어준다면 조금은 친해질 수 있지 않을까 싶었기 때문이다. 초콜릿은 많이 먹어봤으니 이곳에서 접해보지 못했을 사탕과 젤리로 가져온 것도 당연 '호기심'을 자극하기 위해서였다.

"저… 용아."

내가 말을 걸려고 다가가자 지용 씨가 먼저 오두막의 한구석에서 용이를 크게 불렀다.

"용아, 이리로 와볼래?"

그의 말에 용이는 나를 슬쩍 보더니 지용 씨에게로 한걸음에 달려갔다. 나는 무안했지만 이렇게 포기할 수는 없었다. 나도 용이의 뒤를 열심히 좇아갔다. 지용 씨는 분명 아무것도 들고 오지 않았는데 어느새 장비를 풀 세팅하고 있었다.

"자, 용아 이게 뭔지 알겠어?"

난생처음 보는 신기한 기구에 놀란 듯 용이는 그대로 자리에 멈춰서 움직이지 않았다. 예상치 못한 용이의 반응에 지용 씨도 당황한 것 같았다. 분명히 용이가 관심을 가질 것이라 생각한 모양이었다.

나는 이때다 싶어 용이 옆으로 다가갔고 그에게 사탕 하나를 내밀었다. 갑자기 나타난 나 때문에 용이는 놀랐으나 곧 그의 관심은 사탕을 향했다. 용이는 사탕을 보자마자 한 손으로 집어 기계와 멀리 떨어진 소파에 가서 앉았다. 그리고 사탕을 쥔 손을 조심스럽게 펴고 포장지를 이리저리 구경했다. 나는 용이의 옆에 앉아 사탕 하나를 더 꺼내 양 갈래 머리처럼 끝이 돌돌 말려있는 사탕 봉투 끝을 두 손으로 잡고 옆으로 당겨 푸는 모습을 보여주었다. 용이는 나를 쭉 지켜보더니 곧잘 따라 했고 꺼낸 사탕을 입에 바로 넣었다. 초콜릿과는 다른, 사탕의 달콤한 맛에 용이 얼굴은 한결 밝아진 듯 보였다.

'저 너머 세계'에 있을 때 많이 먹어보지 못했나 아니면 이곳에 온 시간이 너무 흘렀던 걸까 간식을 소중히 아껴먹는 용이가 안쓰러웠다. 용이는 지용 씨가 한가득 주었던 초콜릿을 하루에 하나씩 나누어 먹는다고 했다.

나는 이제 지용 씨한테 눈짓했고 입 모양으로 '호기심'이라고 말했다. 지금 호기심이 발동했을 때 얼른 장비를 소개하라는 의미였다.

지용 씨는 내 말을 알아들은 듯 곧바로 장비를 작동시켰고 본인이 먼저 '일'을 하기 시작했다. 처음 듣는 요란한 소리에 용이는 소파에 궁둥이를 붙인 채, 시선을 장비 쪽으로 돌려 일하는 그를 관찰했다.

장비에 불이 들어오고 나서 화면이 켜졌고 곧이어 사이렌이 울렸다. 갑작스러운 소리에 용이는 더 궁금해진 것 같았다. 지용 씨는 차분하게 용이의 별사탕 한 알을 넣었다. 별사탕을 넣자마자 잘게 부서지는 소리가 들리더니 뒤이어 그의 게이지가 상승하는 소리가 들렸다. 그렇게 여러 번 반복하자 용이는 흥미가 생겼는지 장비 쪽으로 쭈뼛쭈뼛 다가갔다. 이윽고 지용 씨의 옆에 갔을 때 그는 용이에게 다정한 투로 말했다.

"이게 내가 말했던 우리가 '저 너머 세계'로 돌아갈 수 있게 해주는 장비야. 저 너머 세계로 돌아가게 해줄 뿐만 아니라 너에게 다양한 감정을 알려주고 싶어서 가져왔어."

용이는 보일 듯 말 듯 끄덕였다.

"이곳에 앉아 있다 보면 여러 사람이 화면에 나올 거야. 그 사람들은 다양한 상황을 겪고 있을 텐데 네가 느껴보고 싶은 감정이 있다면 너의 별사탕 한 알을 이 입구에 넣어봐. 그러면 너는 그 사람과 똑같은 감정을 경험해볼 수 있어. 이렇게 느껴지는 감정은 분명 너를 외롭지 않게 할 거야."

용이는 지용 씨의 말을 듣다 해보고 싶은 마음이 들었는지 자리를 바꿔 달라고 했다. 나는 내심 용이한테는 어떤 감정을 겪는 사람들이 나올까 기대됐다. 개인 맞춤형인 이곳의 시스템이 용이한테는 어떻게 적용될까?

하지만 용이가 앉은 지 한참이 지나도 사이렌은 울리지 않았다.

기다리다 지친 용이는 뾰로통해진 표정으로 방에 들어갔다.

"왜 안 되는 걸까요?"

내가 묻자 지용 씨도 난감하다는 듯이 머리를 긁적였다.

"저도 영문을 모르겠어요."

"이 장비는 어떻게 가져오신 거예요?"

"아, 이거는 원래 제가 사장님한테 받았던 휴대용 장비예요. 제가 숲속을 돌아다니는 걸 아니까 필요하면 사용하라고 저한테 주셨던 거예요."

사장님은 혹시 지용 씨가 용이를 만날 거란 걸 이미 알고 있었던 건 아닐까? 나는 그 얘기를 듣고 소름이 끼쳤다.

우리가 낙심하고 있을 때 어디선가 고소한 냄새가 풍겼다. 그러고 보니 이곳에 도착한 이후로 앤 님을 보지 못했다. 냄새가 나는 곳을 따라가자 앤 님이 쿠키를 굽고 있었다.

"이게 다 뭐예요?"

내가 묻자 앤 님은 대답했다.

"아, 한번 용이랑 같이 뭘 만들어보면 좋을 것 같아서요. 쿠키 재료를 들고 왔어요. 어제 보니까 여기 프라이팬을 쓸 수 있는 것 같아서!"

앤 님이 만들고 있는 건 프라이팬으로 굽는 쿠키였다. 나는 곧장 옆으로 가서 강아지처럼 꼭 붙어 쿠키 하나가 떨어지길 기다렸다. 시험 삼아 먼저 구워봤다는 쿠키는 예전에 우리 엄마가 구워줬던 쿠키와 똑같은 맛이었다. 생각해보니 나도 엄마랑 프라이팬으로 쿠키를 구웠던 경험이 있었다.

"이거 진짜 맛있어요. 어떻게 프라이팬으로 이렇게 맛있게 구워지지?"

나의 말에 앤 님은 기쁘다는 듯 웃고는 지용 씨에게도 쿠키를 나눠줬다. 지용 씨도 오랜만에 향수가 도는지 쿠키를 먹으며 행복한 미소를 띠었다.

냄새에 이끌린 건 우리만이 아니었다. 용이도 어느새 주방에 와서 기웃거리고 있었다. 용이를 본 앤 님은 용이한테 손을 씻고 오라고 했다. 엄마 말을 듣는 것처럼 용이는 아무런 불평 없이 손을 재빨리 씻고 왔다.

"자, 용아. 우리 맛있는 쿠키 한번 구워볼래?"

"네, 좋아요."

용이가 수줍게 말했다.

"손 깨끗이 닦고 왔지?"

"네."

"자, 그럼 이쪽으로 와볼까?"

미리 만들어둔 반죽을 조금씩 떼어내 동글동글하게 굴린 뒤 손으로 살짝 눌러 편다. 그리고 초콜릿 몇 알을 집어 위에 콕콕 박고

프라이팬 위로 올리는 과정을 반복한다.

나는 용이와 앤 님의 맞은편에 앉아 지용 씨와 함께 쿠키를 열심히 만들고 있는 둘을 흐뭇하게 바라보았다. 분명히 용이에게도 특별한 추억이 될 것 같다.

서투른 솜씨로 반죽을 납작하게 만들던 용이는 금방 적응했는지 아주 예쁘게 쿠키 모양을 잡아냈다. 만들기에 열중하는 것을 보니 영락없는 어린애였다.

"용이의 천진난만한 모습을 보는 건 거의 처음인 것 같아요."

지용 씨의 말에 나는 고개를 그쪽으로 돌렸다. 그의 눈시울이 약간 붉었다.

"좀 더 애들이 좋아할 만한 놀이를 해줬으면 좋았을 텐데."

그의 말에는 용이와 제대로 놀아주지 못한 자신에 대한 후회가 담겨있었다. 나는 자책하는 듯한 그의 모습에 마음이 좋지 않았다.

"사람마다 사랑하는 방법이 다르니까요. 앤 님은 앤 님이 할 수 있는 방법대로, 지용 씨는 지용 씨가 할 수 있는 방법대로 사랑을 나눠준 거예요. 저도 마찬가지고요."

그렇게 말하며 나는 사탕을 꺼내 보였다. 나는 과자로 유혹하는 것이 용이에게 애정을 표현하는 방법이었다. 나는 용이한테 이 정도로 마음을 쏟아주는 사람이 있다는 사실이 문득 부러워졌다.

용이가 열심히 반죽으로 모양을 내고 있을 동안 앤 님은 부지런히 쿠키를 구웠다. 앤 님이 마지막 남은 쿠키를 열심히 뒤집고 있을 때, 우리 셋은 그 옆에서 입을 벌리고 쿠키가 다 구워지기를 기다렸다. 앤 님이 이제 다 됐다며 뒤 돌았을 때, 아기 새처럼 쪼르륵 기다리고 있는 우리를 보자마자 웃음을 터뜨렸다. 우리는 어리둥절했지만, 나중에 앤 님의 얘기를 듣고 그 모습을 상상하니 꽤 부끄러웠다. 우리는 용이의 쿠키를 보고 예술이라고 칭찬하면서 열심히 집어먹었다. 특히 용이는 걸신들린 듯 쿠키를 마구 해치웠는데 거의 다 먹어갈 때쯤엔 용이의 눈치를 봐야 할 정도였다. 용이는 역시 어린이가 맞았다.

우리는 용이를 재우고 나오면서 아까 왜 용이의 화면에는 아무도 뜨지 않았을지 고민했다. 용이가 이 세계에 정식으로 들어온 사람이 아닌 게 문제이지 않을까? 나는 아무리 생각해도 한 가지 방법밖엔 떠오르지 않았다. 사장님과 용이가 만나야 한다. 그리고 정식으로 등록이 되어야 할 것 같았다.

"저는 아무래도 사장님한테 용이를 데려가야 한다고 생각해요."

내 말에 먼저 가던 앤 님과 지용 씨가 뒤돌아 나를 쳐다봤다. 곧이어 앤 님도 끄덕였다.

"맞아요. 사실 다른 방법은 떠올릴 수가 없네요. 용이를 위해서라도 용이는 사장님과 만나야 해요."

우리의 말에 지용 씨는 고민하는 것 같았다. 용이를 위해서라면 용이가 사장님과 만날 수 있게 도와야 한다는 사실을 그도 알고 있을 것이다.

"하지만 용이도 알아야 해요. 사장님을 만나도 괜찮겠냐고 먼저 물어봐야 해요. 저는 용이와 그렇게 약속했어요."

우리가 관리자님한테 말했으므로 사장님도 그의 존재를 알고 있겠지만 용이가 사장님과 대면하는 것은 또 다른 일이다. 실제로 만나지 않으면 사장님도 용이를 도울 수 없다.

"이곳에 처음 들어오면 관리자님의 안내를 받고, 사장님과 면담하는 과정부터 거치죠?"

"네, 그리고 관리자님이 주기적으로 저희를 찾아오시고요."

"그 절차를 꼭 밟아야만 하는 걸까요? 용이는 오두막 밖으로 절대 나오려고 하지 않을 거예요. 특히 사장님에 대해서는 적대적인데 이거 큰일이네요."

나와 앤 님은 별다른 대책이 떠오르지 않았다. 그건 지용 씨도 마찬가지로 보였다. 우리는 이 문제에 대해 더 깊이 고민할 필요가 있었다. 용이가 사장님에 대한 경계를 푸는 게 먼저다. 우리는 결국 별 소득 없이 집으로 돌아갔다.

나는 침대에 누워 용이와 나의 모습이 조금 닮아있는 것 같다고 생각했다. 버려진다는 게 얼마나 무서운 일인지 상상도 할 수 없었다. 그래서 나는 용이한테 쉽게 다가갈 수가 없었다. 많이 주는 만큼 그에 대한 책임을 져야 하니까. 아직 내가 누군가에게 아낌없이 사랑을 베풀 수 있을지 확신이 서지 않았다.

✿ ✿ ✿

우리는 다음날도 예정된 시간에 만나 다 같이 오두막으로 향했다. 오늘까지는 꼭 대책을 마련해보자며 다짐했고, 우리는 평소처럼 문을 두드리며 용이에게 우리가 왔다고 알렸다. 원래 같으면 도도도도- 달려오는 소리와 함께 문이 벌컥 열려야 하는데 꽤 오랜 시간 잠잠했다. 우리는 혹여나 용이가 다시 불안해진 것은 아닌지 걱정이 되어 문을 더 세게 두드렸으나 인기척조차 들리지 않았다. 더 기다릴 수 없었던 지용 씨는 문고리를 당겼고 문은 힘없이 열렸다.

"한 번도 이랬던 적이 없는데?"

지용 씨는 문이 열리자마자 뛰어 들어가 용이의 행방을 찾았다. 용이는 어디에도 없었다. 우리는 너무 걱정돼 숲속을 찾아보자고 했고 막 흩어지려는 찰나였다.

오두막 뒤쪽에서 부스럭거리는 소리가 들렸다. 우리는 조심스럽게 소리가 나는 뒤쪽으로 다가갔다. 그 소리가 점점 멀어지는 탓에 우리는 숨죽여 따라갈 수밖에 없었는데 오두막 바로 뒤 언덕 하나를 넘고 숲길이 끝나자마자 우리는 더 이상 움직일 수가 없었다. 우리는 이 세계의 끝을 보게 되었다.

이 세계는 끈끈이 폭포가 있는 산의 앞으로 마을이 형성되어 있고, 그 산은 마을을 빙 둘러싸고 있다. 그러므로 산을 넘어가면 이 세계의 끝이 있다. 나는 처음으로 맞닥뜨린 경계를 보고 깜짝 놀라 아무 말도 하지 못했다. 아름답고 평화로운 마을과는 달리 그 끝은 너무 황폐했다. 절벽 너머는 구름밖에 없었다. 이 세계가 사실은 하늘 위에 떠 있는 섬인가? 싶을 정도로. 나 말고 지용 씨와 앤 님 역시 당황한 눈치였다. 그렇게 다들 멍하니 서 있는데 갑자기 큰 소리가 들리더니 우리가 서 있던 지점 바로 앞, 절벽 끝에 균열이 생기기 시작했다. 그리고 순식간에 한 무더기의 땅이 흘러내렸다. 이제 절벽의 끝은 우리가 서 있는 지점이 되었다.

너무 놀란 우리는 재빨리 절벽에서 달아났다. 우리가 본 장면은 과거에 발생했던 멸망과 비슷한 느낌이 들었다. 앤 님은 갑자기 크게 불안해했다. 나는 앤 님의 어깨를 감싸 안으며 괜찮냐고 물었다.

"용이가… 용이가… 절벽에 서 있다가 떨어진 건 아니겠죠?"

앤 님은 눈물을 흘리기 시작했고 나는 단호하게 아니라고 말할 수 없는 상황에 입을 꾹 다물 수밖에 없었다. 지용 씨도 충격 때문인지 손바닥으로 얼굴을 감싸고 미동도 없이 가만히 서 있었다. 그

때였다. 나는 우리의 옆에 떨어진 빈 사탕 껍질을 발견했다. 그것은 내가 용이에게 준 사탕이었다.

"어… 이거! 이거 제가 용이한테 준 사탕인데!"

사탕 봉투에서 아직도 꽤 달콤한 향기가 났다.

"용이가 사탕을 먹은 지 얼마 되지 않은 것 같아요. 이 주변을 한번 찾아볼까요?"

나의 말에 앤 님과 지용 씨는 다시 정신을 차릴 수 있었고, 우리는 흩어져서 용이를 찾기 시작했다. 우리는 지금 무너지면 안 된다. 최대한 열심히 용이를 찾는 일이 우선이었다.

용이는 다행히 금방 찾을 수 있었다. 멀지 않은 숲속에 용이는 몸 쪽으로 가까이 세운 무릎에 얼굴을 파묻고 울고 있었다. 제일 먼저 용이를 찾은 지용 씨는 우리에게 큰 소리로 알린 뒤 용이를 안고 있었다. 용이는 우리를 보더니 나와 앤 님의 다리를 한 쪽씩 붙잡고 한참을 울었다. 앤 님이 꼭 안아주자 용이는 속삭였다.

"다 나 때문이야… 나 때문이야…"

우리는 놀랐을 용이를 위해 아무 말도 하지 않고 그가 진정될 때까지 기다렸다. 용이는 울다 지쳐 지용 씨의 등에 업힌 채로 잠들었다. 용이의 소매는 이미 눈물로 축축하게 적셔진 상태였다.

지용 씨는 오늘 용이 곁에 있기로 하였고 우리는 집으로 돌아갔다. 나 또한 충격을 받았는지 대낮이었지만 집 문을 열자마자 피로가 한꺼번에 몰려와 녹초가 되었다. 나는 아까 봤던 이 세계의 끝을 곱씹으면서 잠들었다. 또다시 무너지고 있는 걸까?

12

용이의
첫 외출

어제 잠을 일찍 자서 그런지 오늘은 새벽에 눈을 떴다. 아직 해도 뜨지 않은 새카만 하늘이었다. 창문을 통해 보이는 하늘은 먹물로 칠한 것처럼 짙었고, 그 위에 무수히 박힌 별 덕분에 무척이나 밝았다. 하늘이 이렇게 넓었구나. 참 높고 아름답다는 것을 다시금 실감했다. 혹시 밖에 누워있으면 별이 쏟아질까 싶어 담요 한 장을 손에 들고나왔다. 새벽의 공기는 쌀쌀했지만, 상쾌했다. 대문 직전에 아무렇게나 담요를 펼친 다음 그 위에 누웠다. 주변이 아무 소리 없이 고요해 이 세상에 혼자 있는 기분이 들었다. 그로 인해 생기는 고독감이 꽤 좋았다. 이제는 혼자 있는 걸 즐길 수 있을 정도로 내 마음이 꽤 안정됐구나 싶었다.

나는 그렇게 한참동안 별을 하염없이 바라보다 이러다 잠들까 싶어 일어났다. 담요를 털어내고 집에 들어와서 물을 끓였다. 그리고 홍차 티백과 꿀을 꺼냈다. 컵에 꿀을 먼저 덜고 뜨거운 물을 넣어 숟가락으로 컵 바닥까지 휘휘 저었다. 꿀이 다 녹았다 싶었을 때 티백을 넣어 잠시 기다린 뒤 한 모금 마셨다. 요즘 내가 자주 마시는 차다. 저번에 관리자님이 준 홍차의 맛을 잊지 못해 최근에 티백과 꿀을 한 통씩 사 왔다.

나는 차를 마시며 어제의 상황을 다시 그렸다. 자칫 잘못했다간 누군가가 떨어질 수도 있었다. 그 사실에 나의 심장이 갑자기 빨리 뛰기 시작했다. 문제는 그 절벽이 오두막과 가깝다는 것이었다. 오두막 뒤의 언덕은 그리 멀지 않았다. 매일 아니 몇 시간마다 그 정도로 절벽이 무너진다면 일주일 정도면 충분히 오두막까지 도달할 것 같았다. 생각보다 상황은 심각했다.

나는 앤 님과 만나기로 한 시간까지 아직 한참 남아서, 집에서 일찍 나와 산책했다. 어떻게 하면 좋을까? 우선 오두막에서 용이를 벗어나게 하려면 그를 설득해야 했다. 지용 씨의 말로는 용이가 아직 오두막 밖을 무서워한다고 하던데… 산 주변이 무너지고 있다면 곧 이 마을도 무너질 수 있다. 사장님도 알고 계실까? 그렇게 고민하며 걸으니 어느새 나는 '감정적' 주변에 도착해 있었다. 다리가 아파진 내가 건물 밖에 놓인 벤치에 앉아 쉬고 있는데 누군가가 나의 옆에 와 앉았다. 그 사람은 사장님이었다.

나는 갑자기 나타난 사장님 덕분에 너무 놀랐는데 그게 얼굴에까지 드러난 모양인지 그가 날 보며 싱긋 웃었다. 그리곤 아무 말 없이 앞을 보길래 나도 가만히 앉아 있었다. 긴장해서인지 허리가 아프다는 생각이 들 때쯤 사장님이 먼저 입을 열었다.

"고생이 많으시다고 들었습니다."

예상치 못한 말에 나는 어떻게 대답해야 할지 몰라 한참을 망설이다 말했다.

"아, 제가 크게 한 일은 없는데요. 뭘…"

괜한 쑥스러움에 나는 고개를 떨구고 발끝을 바닥에 비볐다.

"그 아이는 잘 지내던가요?"

"네? 그…"

나는 사장님의 뜬금없는 물음에 당황했다. 내가 머뭇거리자 사장님은 별 대답 없이 웃기만 하다 다시 말하기 시작했다.

"그 아이 이름이 '용'이라고 들었는데, 잘 어울리는 이름이네요."

'그 아이'라는 단어에서 나는 사장님이 혹시 우리보다 먼저 용이의 존재를 알고 있었던 걸까? 하는 의문이 들었다.

"혹시 사장님은 용이를 알고 계셨나요? 이곳에 몰래 들어온 그 아이를, 어떻게요?"

"제가 이곳에 온 지도 100년이라는 시간이 흘렀더군요. 그 아이는 제가 감정을 잃어 이곳에 처음 들어오게 됐을 때 봤습니다. 저를 따라왔죠."

"그럼 용이가 들어온 걸 알고 계셨던 건가요?"

"제가 데려왔어요. 그 아이를. 제가 돌아가야 하는 현실은 전쟁 중입니다. 아주 고통 속에 살고 있죠."

사장님은 전쟁 중에 용이를 데리고 이곳에 들어오게 된 것이었다. 등록되지 않은 유일한 아이, 용이. 그 존재의 미스터리가 풀리는 순간이었다.

"그럼 어떻게 그 아이도 들어올 수 있었나요?"

"그날은 제가 흠씬 얻어맞은 후에 간신히 도망쳐 집으로 돌아가는 길이었어요. 사람들 몰래 숨어서 지나가는데 마을 토박이였던 제가 모르는 길이 있는 겁니다. 그래서 한번 가봤죠. 그 길은 왠지 모르게 마음이 편안했어요. 하지만 더 갈 수는 없었죠. 적군이 도사리고 있을지도 모르니까요. 모르는 길을 지나는 건 그곳에선 굉장히 위험한 일이에요."

사장님은 다시 돌아와 집으로 향했다. 하지만 집에는 아무도 없었다.

"어찌 된 영문인지 모르겠더군요. 아무도 없는 집에 들어갈 수가 없었어요. 그래서 눈물을 뚝뚝 흘리며 거리를 배회했습니다. 그렇게 며칠을 길거리에서 노숙하며 정처 없이 걷고 있는데 그 골목이 다시 나오더군요. 그때 봤어요. 그 아이를."

그 아이는 골목길 입구에서 울고 있었다. 무릎을 굽히고 앉아 팔에 머리를 파묻으면서.

"저는 저도 모르게 그 아이의 손을 잡았어요. 그리고 왠지 이 아이와 함께 골목길로 가야 할 것 같더군요. 그래서 무언가에 홀린 것처럼 같이 들어왔어요. 그때 이곳의 관리자가 저한테 제가 마지막이라면서 부르더군요. 그 소리를 듣고 아이는 도망쳤어요. 사람이 없는 곳으로 뛰어갔죠. 저는 그 아이를 붙잡을 수 없었어요."

아이는 너무 빨랐고 쫓아가 봤지만 더 이상 찾을 수 없었다.

"관리자 그 친구가 등록되지 않은 아이가 숲에 숨어 살고 있었다고 이야기하길래 아, 그 아이구나 했죠. 잘살고 있었구나, 아니 너무 오래 이곳에 있었구나 싶은 마음이 들면서 안쓰럽기도, 다행스럽기도 했죠."

나는 사장님의 말을 들으며 어떤 반응도 하지 못했다. 이 사람들은 내가 상상도 못할 만큼의 아픔이 있는 사람들이었다.

"이제 용이를 어떻게 하면 좋을까요? 용이는 낯선 사람들을 너무 무서워해서 도저히 밖으로 나오려 하지 않아요. 그리고 또 하나 문제가 있어요."

나는 문득 무너지고 있는 세계가 떠올랐다. 말할 수 있는 순간은 지금밖에 없을 것 같았다. 이건 우리 모두에게 위험한 일이었다.

"이 세계가 무너지고 있어요."

"직접 보신 겁니까?"

나의 말에 사장님은 놀라지도 않고 나에게 물었다.

"아, 네. 어제 용이가 머물던 오두막 뒤로 무너지는 걸 봤습니다."

나의 대답에 사장님은 눈을 지그시 감았다.

"갑자기 '저 너머 세계'로 돌아가는 사람들이 많아져서 저도 예상은 하고 있었습니다. 들어오는 사람은 일정한데 나가는 사람이 많아지게 된다면 당연히 이곳을 유지하는 데에 쓰이는 감정 에너지가 줄어들겠죠."

사장님은 이미 이곳이 붕괴 위험에 있음을 직감하고 있었다.

"그리고 제가 그 용이 친구가 가지고 있던 별사탕을 사용해본 결과 감정 에너지 전부가 게이지에 채워지더군요. 원래는 단 10%만 게이지로 차오르게 설정되어 있습니다. 나머지 감정 에너지가 어디에 쓰이는지 궁금하지는 않으셨나요?"

생각해보니 우리가 일하면서 얻어내는 별사탕의 양은 꽤 엄청났다. 우리는 월급으로 카드에 별사탕을 충전한 만큼 사용하였기 때문에 별사탕이 정작 어디에 쓰이는지는 관심이 없었다.

"월급으로 나눠드린 별사탕과 감정 게이지를 채우는 에너지를 제외한 나머지는 이 세계를 유지하기 위해 사용됩니다. 그건 '첫 번째 남자' 때부터 이어져 온 이 세계를 지키기 위한 방법이었죠. 그분들이 능력이 없어 10%만 게이지를 채우는 게 아니랍니다."

그렇게 말하고는 사장님은 가볍게 웃었다. 그 웃음에는 어딘지 모를 씁쓸함도 담겨 있었다.

"그렇다면 그 별사탕 때문에 이 세계가 무너지고 있는 거군요."

"맞습니다. 듣자 하니 이제 별사탕을 나눠주지는 않는다지만, 그 위력이 엄청나더군요. 단 한 알만으로도 그렇게 게이지를 채워버리니 많은 사람이 사용할 수 있었던 것이겠죠."

나는 이 가속화가 어떻게 진행될지 예측되지 않았다. 그것보다 시중에 그 별사탕이 얼마나 더 사용되고 있는지를 모르는 게 더 큰 문제였다.

"그럼 이 사태를 어떡하면 좋을까요… 이렇게 무너지는 걸 보고 있을 수만은 없어요."

나의 말의 사장님은 끄덕였다.

"저도 그렇게 생각합니다. 지금은 이미 감정 에너지가 부족해진 상황이라 그 별사탕을 사용하지 않는다고 해도 계속해서 무너져 내릴 거예요. 지금은 부족한 에너지를 채우고도 남을 강력한 감정 에너지가 필요합니다."

사장님은 이 사태를 미리부터 짐작하고 여러 가지 대책을 세우고 있었지만, 아직 뚜렷한 방도가 없다고 했다. 나는 이 상황을 해결해야 함과 동시에 용이를 오두막 밖으로 빼내야 한다는 생각에 머리가 지끈거렸다.

나는 앤 님을 만나기로 한 시간이 거의 다가와 사장님께 양해를 구하고 자리에서 먼저 일어났다. 나는 얼른 이 모든 사실을 앤 님한테 말해줘야겠다고 생각했다.

나는 부랴부랴 우리가 약속한 장소로 달려갔다. 앤 님은 언제나 예정 시간에 딱 맞게, 아니면 조금 늦게 와서 서두를 필요는 없었으나 그래도 내가 늦는 건 싫어서 열심히 달렸다. 약속 장소에 가니 역시나 앤 님은 아직 오지 않은 상태였고 나는 숨을 고르며 앤 님한테 해줄 이야기들을 속으로 정리했다. 조금 기다리니 앤 님이 저 멀리서 헐레벌떡 뛰어왔다. 나는 손을 위로 흔들며 천천히 오라고 소리쳤고 이내 앤 님은 나를 발견한 듯 손을 마구 흔들며 달려왔다.

"아휴, 죄송해요. 맨날 늦네요 늦어. 분명히 제대로 된 시간에 나오는데 왜 늦는지 참."

앤 님은 손수건으로 얼굴에 난 땀을 닦아냈다. 나는 팀플 수업 때면 매번 조금씩 늦게 오던 팀원들을 떠올렸다. 앤 님도 이럴 때면 어린애 같다는 생각이 들었다. 나는 앤 님이 진정될 때까지 기다린 다음 말을 꺼냈다. 앤 님은 차분히 내 말을 듣다가 사장님이 용이를 이곳에 데려온 장본인이라는 말을 하자 깜짝 놀라며 대답했다.

"그건 정말 의왼데요? 사장님 정석대로만 움직이는 분인 줄 알았는데 그런 인간적인 면모도 있으셨네요."

나 역시 동감하는 부분이었다. 사장님은 처음 뵌 이후로 내가 이 세계에 적응할 동안 거의 보지 못했다. 그건 앤 님도 마찬가지라고 했다. 이곳의 행사가 있지 않은 한, 모든 소식은 관리자님을 통해 듣거나 사장님이 특별히 전할 말이 있으면 해당 직원을 불러 따로 상담한다고 했다. 그럼 사장님은 평소에 무슨 일을 하시는 걸까?

"아무튼 정말 큰일이긴 하네요. 이 사태를 어쩜 좋아."

우리는 오두막으로 걸어가면서 거의 한마디도 하지 않았다. 우리 둘의 머릿속에는 이 사태를 어떻게 해결하면 좋을지에 대한 꼬리물기가 한창이었다. 얼마 걷지도 않은 것 같은데 벌써 오두막이 보였다. 나와 앤 님은 용이의 상태가 너무 걱정되었다. 겁에 질려 다시는 오두막 밖으로 나오지 않을 것 같았다.

우리는 문을 조심스럽게 두드렸다. 곧바로 쿵쾅거리는 소리와 함께 용이가 나타났다. 예상치 못한 밝은 모습에 우리는 떨떠름했고, 그다음 우리를 맞이한 지용 씨의 얼굴에는 피로가 가득해 보였다.

"다들 어서 오세요."

"왜 이렇게 피곤해 보여요?"

"용이는 왜 저렇게 밝은 거예요?"

우리의 동시다발적인 물음에 지용 씨는 피곤한 듯이 얼굴을 손으로 쓸어내렸다.

"잘 모르겠어요. 어제 용이가 너무 놀랐는지 그대로 깨지도 않고 푹 잤는데 아침에 일어나니 저 모양이에요. 방 안을 20바퀴는 뛴 것 같아요."

이 말을 하며 지용 씨는 한숨을 푹 쉬었다.

"그래도 방문을 걸어 잠그지는 않아서 다행이에요. 눈을 떴을 때 제가 있어서 그런 건지. 아니면 심경의 변화가 있는 건지 그게 궁금하네요."

우리는 지용 씨의 말을 끝으로 동시에 용이를 쳐다봤다. 용이는 컨디션이 최고로 좋아 보였다. 앤 님은 간단하게 아침을 준비하겠다고 주방으로 들어갔고 지용 씨도 나한테 용이를 부탁한다며 부엌으로 쏙 들어갔다. 용이는 한참을 뛰다가 지금은 소파에 앉아 별사탕 꾸러미를 가만히 쳐다보고 있었다. 나는 이때다 싶어서 용이 옆에 조심스럽게 앉았다. 용이는 내가 신경도 안 쓰이는 듯 쳐다보지도 않았지만 나는 몸을 조금씩 움직이면서 나의 존재를 드러냈다. 용이는 별사탕을 보다 나를 힐끔 쳐다보더니 나한테 한 알을 줬다. 말을 걸어도 된다는 표시라는 생각에 나는 머릿속에서 계속 고르던 말 중 하나를 꺼냈다.

"용아, 우리 같이 나가볼래?"

아뿔싸, 제일 먼저 꺼내야 할 말은 이게 아니었는데. 실수로 마지막으로 꺼낼 말을 해버렸다. 이런 긴장되는 상황이면 마음처럼 움직이지 않는 내 입이 미울 지경이었다. 용이는 내 말에 나를 뚫어지게 쳐다봤다. 약 1분 가까이 당황해서 경직됐던 얼굴이 더 이상 못 견디고 경련을 일으키려던 찰나였다.

"싫어."

용이의 단호박 대답에 나는 얼른 물었다.

"용이는 왜 나가기 싫은 거야?"

"나가면 형아가 싫어할 거야."

용이의 대답은 의외였다. 지용 씨라면 절대 싫어하지 않을 텐데. 왜지?

"나한테 이 세상은 위험하다고 했어. 혼자 나가면 위험하대. 나중에 자기랑 같이 나가보자고 했어."

"그랬구나."

내가 잠깐 딴생각하는 동안 용이는 조용하게 말을 이어 나갔다. 끝말만 제대로 들은 나는 지용 씨가 같이 나가자고 했다는 뜻으로 이해했다.

"그러면 같이 나가보면 괜찮지 않을까?"

나는 지용 씨를 가리켰다. 나의 말에 용이는 눈을 끔뻑하더니 말했다.

"그래도 돼?"

나는 그렇게 묻는 용이의 뜻을 잘 몰랐으므로 당연히 된다는 듯 긍정의 의미로 고개를 세차게 끄덕였고, 용이는 내 모습을 보고 이 내 고민하더니 창문 밖을 살짝 한번 봤다. 생각이 많아 보이는, 아 이답지 않은 얼굴이었다.

"용아, 나 하나만 더 물어봐도 될까?"

내 말에 용이는 끄덕였다.

"혹시 어제는 왜 나왔던 거야?"

나는 조심스럽게 물어본다고 했지만 역시나 용이의 표정은 좋 지 않았다. 어제의 기억이 하나둘 떠오르는 듯 조금씩 몸을 떨기 시작했다. 나는 내 질문에 자책하며 옆에 있던 담요를 하나 꺼내 용이한테 둘러주고는 그를 꼭 안았다. 그리고 초콜릿 하나를 건넸 다. '안정'이 들어있는 초콜릿이었다. 용이가 초콜릿을 먹자 떨림 이 점차 줄어들었다. 나는 용이한테 작게 속삭였다.

"용아, 힘들면 말 안 해도 괜찮아. 그냥 이러고 있자."

용이가 고개가 작게 움직였으므로 나는 한동안 그대로 안고 가 만히 있었다. 용이의 떨림은 이제 거의 없어졌으나 우리는 식사가

다 준비될 때까지 그러고 있었다.

"애들아, 밥 다 됐다."

우리 둘 다 잠깐 잠든 것 같았다. 나랑 용이는 동시에 기지개를 켜며 자리에서 일어났고 그 모습을 보던 앤 님은 조용히 웃다 급하게 뒤돌아 나갔다. 왠지 모르게 슬픈 뒷모습이었다. 나는 용이를 데리고 식탁에 앉았다. 식탁에는 오랜만에 보는 미역국과 쌀밥, 그리고 배추김치와 깍두기가 있었다.

"뭐 많이 준비는 못 했고 미역국이랑 밥만 조금 지어봤어요. 김치는 된장찌개 할머니 선물!"

"와, 미역국 생일 때 빼고는 거의 못 먹었는데, 용이 생일이 언제지? 생일 혹시 기억나?"

나는 오랜만에 보는 집밥에 입맛을 다시며 밥상의 주인공, 용이에게 말했다.

"생일이 뭔데?"

나는 용이의 대답을 듣고 태연히 대답할 수가 없었다. 생일을 챙겨본 기억이 없거나, 아니면 긴 시간 동안 잊어버린 것이리라.

"생일은 자신이 태어난 날을 말하는 거야. 나는 10월 28일. 앤 님은요?"

내가 멍하니 있자, 지용 씨가 대신 대답했다. 그리고 앤 님도 이어서 말했다.

"저는 11월 10일이요."

"저랑 비슷하시네요? 그럼 담이 씨는요?"

"저는 7월 12일이에요."

우리가 웃으면서 서로 말하자 용이는 자기도 갖고 싶다고 했다.

"그럼 우리 오늘 날짜를 용이 생일로 정해볼까?"

앤 님의 말에 우리는 모두 그게 좋겠다며 맞장구쳤다.

오늘 날짜는 2월 4일이었다. 일 년 중 추운 겨울이 가고 따뜻한 봄이 시작되는 기분 좋은 날이다.

밥을 맛있게 먹었는지 용이도 평소처럼 차분하게 돌아왔다. 하지만 말수가 적었다. 우리는 각자 할 일을 하면서 용이가 우리에게 먼저 말을 걸어주기를 기다렸다. 용이는 창문 앞에 의자를 가져다 놓고 한참 동안 밖을 쳐다봤다. 이곳은 날씨의 영향을 받지 않기 때문에 나무는 항상 푸르게 우거져 있었고 가지 끝에 자라난 연두색의 어린잎들도 간혹 보였다. 딱 용이 같이 귀여웠다. 나도 같이 옆에서 같이 보고 있자 용이가 조용히 말을 걸어왔다.

"어제 처음으로 이렇게 밖에를 쳐다봤어. 셋이 언제 올까 싶어서."

나는 그 말에 감동받았다. 원래는 관심도 없던 바깥세상이 이제는 용이에게 기다림의 공간이었다. 오두막에는 시계가 없어서 용이는 날이 밝자마자 일어나 기다렸다고 한다.

"그러다가 갑자기 쿵 하는 소리가 들리는 거야. 엄청나게 크게 들리지는 않았어."

아마 자고 있었다면 듣지 못했을 정도의 소리라고 했다.

"많이 놀랐겠는데, 우리 용이?"

"응. 너무너무 무서웠어. 내가 밖을 쳐다봤기 때문이야. 그래서 이상하게 변한 거야."

"아니야, 용아 너 때문이 아니야. 원래 그랬던 거야."

내 말에 용이는 나의 눈을 쳐다봤다. 내 말이 사실인지 아닌지 밝히려는 것처럼 한참을 바라봤다. 그리고 창으로 시선을 옮긴 채 말했다.

"나 때문에 변했으니까 바깥은 위험할 거라고 생각했어. 아직 모두가 오지도 않았는데."

용이는 자기 때문에 세상이 위험해지자, 오두막을 찾아오는 우리를 구해야 한다고 생각했다. 그래서 처음으로 문을 열고 나왔다. 그렇게 그는 정신없이 숲속을 뛰어다녔다.

"우리가 어디로 오는지 알고 뛰어다녔어."

"난 무조건 만날 수 있을 거라고 생각했어."

그렇게 뛰어다니다가 이 세계의 끝을 마주하게 됐다. 아… 나 때문에 이렇게 무너졌구나 싶어서 너무 무서웠다고 한다.

"형아 말 들을걸. 형아가 나한테 밖으로 나오면 안 된다고 했는데. 이게 다 나 때문이야."

그렇게 자리에 주저앉아 울다가 우리가 용이를 발견했고 용이
는 그대로 긴장이 풀린 채 잠들었다. 나는 용이의 이야기를 들으면
서 용이가 아까부터 말했던 '형아'라는 존재가 지용 씨가 아니라는
생각이 들었다. '형아'라는 사람은 용이가 이 세계에 알려지는 걸
굉장히 꺼리는 것 같다. 그래서 용이가 밖으로 절대 나오지 못하도
록 세뇌시킨 것 같다. 나는 용이가 가진 잘못된 죄책감을 덜어주고
싶었다.

"용아, 아니야. 절대 네가 밖을 쳐다봐서, 나와서, 이렇게 세상이
변한 게 아니야. 나는 벌써 훨씬 전부터 위험했다는 걸 알고 있었
어."

"...정말?"

용이는 다시 흘러나오는 눈물을 멈추지 못했다. 나의 말에 용이
는 고개를 돌렸고, 그 아이의 눈망울에 맺힌 굵은 구슬들이 볼을
타고 또르륵 흘러내렸다. 나는 용이를 다시 한번 안았다. 용이는
떨리는 목소리로 말했다.

"응! 나는 용이를 만나기 훨씬 전부터 어제 본 낭떠러지를 봤어.
용이가 그동안 곤히 자느라 못 들었던 소리를 어제는 우연히 우리
를 기다리면서 들었던 거야. 조금 더 빨리 말해줄 걸 그랬다. 우리
용이 놀라기 전에."

나는 용이의 등을 토닥이며 그가 진정할 수 있도록 도왔다. 그리고 눈을 맞추며 천천히 말했다. 나의 말을 듣고 용이는 조금 진정된 듯 보였다. 나는 용이의 눈을 피하지 않고 손을 꼭 잡고 얘기했다. 용이는 내 모습에서 진정성을 느꼈는지 '나 때문이 아니구나'를 낮게 읊조렸다.

"그럼 나 싫어하지 않아?"

나는 갑작스러운 용이의 말에 당황했다. 용이의 입에서 자신을 싫어하지 않냐고 말이 나올 줄은 몰랐다.

"우리가 왜, 너를 싫어하겠어."

나는 맞잡은 손을 한 번 더 힘있게 잡았다.

"그래? 나는 나 때문에 이상해졌으니까 나를 싫어할 거로 생각했어. 그리고 버려지지 않을까 걱정했어."

담담하게 말을 뱉는 용이를 보며 오늘 유독 밝아 보였던 용이를 떠올렸다.

"눈을 떴는데 형아가 있어서 좋았어. 그리고 둘도 와서 좋았어. 내가 이상하게 했는데 나를 떠나지 않아서 좋았어."

용이는 이 세상이 무너지는 것보다 우리가 자신을 버리지는 않을지가 더 두려운 것 같았다. 이 아이의 마음속에는 어떤 아픔이 있길래 이렇게나 속상한 생각을 하는 걸까? 나는 대답하는 대신 용이를 한 번 더 꼭 안았다. 그리고 낮게 읊조렸다.

"용아, 우리는 무슨 일이 있어도 너를 버리지 않아."

용이는 작게 끄덕였다. 그리고 나는 용이의 얼굴을 쳐다보고 크게 말했다.

"그리고 절대로 이 세계가 이상해진 건 너 때문이 아니야. 용이 못 믿겠으면 지금 같이 나가볼까?"

내 말에 용이의 동공이 흔들렸다.

"설마 용이 아직도 내 말 못 믿는 건 아니지?"

나는 실망했다는 느낌을 주기 위해 팔짱을 끼고 등을 살짝 돌렸다. 그러자 용이가 나를 붙잡았다.

"아냐, 나 믿어. 근데 나가는 건 조금 무서워."

용이의 솔직한 대답이 너무 귀여웠지만 나는 물러서지 않았다.

"아니네, 용이 안 믿네. 실망이야."

하면서 손을 눈가에 가져갔다. 나의 완벽한 연기에 용이는 완전히 빠져들었다.

"나 그럼 조금만 조금만 나가볼래."

용이의 대답에 나는 너무 기뻤다. 어느새 나와 용이를 몰래 지켜보고 있던 지용 씨와 앤 님도 숨죽여 기뻐했다.

우리는 꽤 오랫동안 준비하고 문 앞에 섰다. 용이는 마치 번지점프대에 선 사람처럼 30분간 갈팡질팡했다. 우리는 예상했던 일이라 그를 참을성 있게 기다렸고 드디어 용이가 문을 잡고 여는 순간까지 왔다.

용이는 문을 열자마자 갑자기 쏟아져 내리는 햇빛을 손으로 가리며 눈을 감았다. 그렇게 한참 있다가 서서히 눈을 떴다. 문을 통해 바라보는 숲은 예술이었다. 갈색의 튼튼한 나무줄기가 곧게 뻗어 있으면 그 주위로 연두색과 짙은 초록색의 나뭇잎들이 울창하게 흔들렸다. 나뭇잎 사이사이로 들어오는 햇빛은 구슬이 쏟아지는 것 같았으며 바람이 부는 방향으로 예쁘게 흩어졌다. 오두막 앞으로는 모랫바닥이 둥그렇게 깔려 있고, 모래와 숲 사이에는 일정한 높이의 연두색 잔디가 자라있었다. 며칠 전 지용 씨가 땀 흘려 잡초를 뽑은 덕분이었다. 그동안 보지 못했던 아름다운 풍경에 용이는 넋을 놓고 멍하니 바라봤다. 그리고 누가 뭐라 할 필요도 없이 홀린 듯 천천히 걸어 나갔다. 온전히 본인의 힘으로 나가게 된 것이다.

오늘의 외출은 여기까지였다. 우리 셋은 숲길을 통과해 마을까지 가보려는 속셈이었으나 용이는 숲길로 들어가지도 못했다. 오늘은 오두막 주변을 천천히 둘러보는 것으로 끝냈다. 용이는 자신이 꽤 오랜 시간 나와 있었음에도 아무 일도 일어나지 않은 것을 더 기뻐하는 것 같았다. 용이가 조금씩 자신에 대한 믿음을 쌓아간다면 이 숲을 벗어나 마을로 내려가 사장님을 만나는 것이 가능해질 것이라는 확신이 들었다.

나와 앤 님, 그리고 지용 씨는 용이와 인사한 다음 집으로 향했다. 오늘은 꽤 오랫동안 오두막에 머무른 느낌이었다. 우리는 오늘따라 조용히 걸어 내려갔다. 그러다 지용 씨가 말을 꺼냈다.

"담이 씨, 정말 고마워요. 덕분에 용이가 용기를 얻은 것 같아요."

갑작스러운 말에 나는 손사래를 치며 말했다.

"아뇨, 저는 별거 한 것도 없는데요. 다 용이가 한 거죠."

그러자 앤 님이 말을 받았다.

"오늘 담이 씨가 용이 옆에서 계속 보듬어주지 않았다면 용이는 결국 오늘도 용기 내지 못했을 거예요. 그건 분명 담이 씨가 한 일이죠."

지용 씨도 말했다.

"네, 맞아요. 그리고 저는 지금까지 용이가 나가는 걸 무서워하니까 그저 보호해주려고만 했어요. 용이가 왜 나가고 싶어 하지 않는지 차분히 이유를 들어볼 생각은 못 한 것 같아요. 그렇게 하면 용이의 기분이 안 좋아지니까… 그것만 눈치보다 결국 지금까지 와버린 거고요."

내가 용이에게 용기를 심어줬을까? 다름 아닌 내가? 혼란스러워하는 나에게 앤 님이 다정히 말했다.

"상대가 불편하지 않도록 도우며 자연스럽게 마음을 꺼내도록

한 것. 그건 분명히 담이 씨가 해낸 거예요. 담이 씨의 따뜻한 진심이 전해진 것 아닐까요? 용이도 분명 담이 씨가 자신을 도왔다고 생각할 거예요. 지켜보던 우리도 마음이 전해졌으니까요. 담이 씨, 사람의 마음을 움직이는 건 사실 별거 없어요. 그 사람을 향한 분명한 믿음. '나는 널 믿어'라는 마음과 '내가 널 돕고 싶어'라는 마음만 제대로 전할 수 있다면 그 어떤 단단한 마음이라도 녹일 수 있어요. 오늘 담이 씨가 한 일이 정말 대단하다고 생각해요. 저는."

그렇게 말하며 앤 님은 다시 앞장서 걸었다. 나는 집으로 돌아가기까지 앤 님이 한 말을 계속 떠올렸다. 내가 도움이 되었다니. 너무 기쁘고 벅차서… 남몰래 눈물을 살짝 훔쳤다.

집에 돌아와서는 마음을 진정시키고 어느 정도 해결된 용이의 외출을 떠올렸다. 조금씩 천천히 한다면 꼭 사장님을 만날 수 있으리라. 근데 이제 문제는 이 망가져 가는 세상을 어떻게 구하느냐였다. 이 문제도 꼭 모두와 함께 해결하고 싶었다.

지용 씨에게도 사장님의 말을 전해주니 꽤 놀란 눈치였다. 그리고 사장님도 아직 세계를 구할 방도를 찾지 못했다고 말하자 표정이 어두워졌다. 자신은 다시 돌아갈 자격이 없는 것 같다고 했다.

"제가 나눠준 별사탕 때문에 이렇게 세상이 무너지게 될 줄 몰랐어요."

아까 헤어질 때 지용 씨의 얼굴이 유독 어두워 보였다. 나는 그가 너무 많은 죄책감을 느끼지 않았으면 좋겠다고 생각하며 잠들었다. 용이가 준, 그가 빠르게 회복할 수 있도록 도와준 별사탕은 그가 발견한 예상치 못한 행운이었다. 그리고 그는 그 행운을 나누고 싶어 했다. 그 마음이 너무 예쁘다.

특별한
소풍

　그렇게 며칠이 지나고, 오늘은 다들 소풍 준비를 해오기로 했다. 아무래도 용이가 숲길을 통해 마을로 내려오게 하려면 확실한 목적이 필요해 보였다. 이제 용이는 곧잘 오두막 밖으로 나와 주변을 산책하기도 하고 지난번엔 이 세계의 끝인 절벽까지도 갔다. 하지만 아직도 숲길을 내려가는 건 별로 내켜 하지 않았다. 그래서 우리는 숲길의 중간지점에서 소풍을 준비하기로 했다. 그러면 용이가 숲길을 재밌는 곳으로 가는 통로로 생각해주지 않을까 싶었기 때문이다.

　사실 이 아이디어는 앤 님이 낸 것이었다. 소풍 준비를 해오자는 결정이 난 이후로 앤 님은 온종일 싱글벙글 즐거워 보였다. 우리는 사장님한테 미리 계획을 알렸고, 사장님이 먼저 소풍에 어울리는 적당한 물품들을 준비해준다고 했다.

대망의 소풍날인 오늘 지용 씨는 용이를 위한 예쁜 옷을 사 오기로, 나와 앤 님은 사장님한테 가서 피크닉 용품을 받아오기로 했다. 앤 님은 간단하게 준비했다며 나에게 집에서 싸온 샌드위치와 김밥 그리고 손질한 과일을 보여줬다. 나도 너무 오랜만에 가는 나들이라 음식 생각은 꿈에도 못 하고 있었는데 앤 님이 혼자 그 많은 걸 준비했다.

"저한테 미리 말해주셨으면 같이 만들었을 텐데요."

"아니에요, 제가 좋아서 한 일이에요!"

이 말을 하는 앤 님은 굉장히 행복해 보였다. 내가 여기 처음 왔을 때 앤 님은 요리를 굳이 하지 않는다고 했었다. 그런데 요즘은 부쩍 요리하는 횟수가 늘어난 것 같다.

"저번에 용이랑 쿠키 만든 거랑 생일상 차려주신 것도 그렇고 요즘 요리를 자주 하시네요?"

"아, 그런가요? 저도 몰랐어요."

앤 님은 몰랐던 사실이라는 듯 놀라며 대답했다.

"네, 원래 요리하는 걸 좋아하셨나 봐요?"

"음… 사실은 처음엔 용이한테 평범한 추억이 없을 것 같아서 집에서 할 수 있는 거 찾다가 쿠키를 만들었던 거였는데 한번 하고 나니까 재밌더라고요. 용이도 즐거워하니까 더 하고 싶어지고요.

요리가 이렇게 재밌는 건지 몰랐네요. 요리를 원래 좋아하는 사람이 아니라 서툴긴 한데 자주 하면 괜찮아지겠죠?"

사실 앤 님이 요리하면 완성하기까지 시간이 꽤 걸렸다. 그동안 모른척했지만, 주방에서 나오는 소리도 시끌벅적했었다. 그래도 요리가 즐거운 것 같아서 다행이다. 좋아하는 걸 찾기가 쉬운 일은 아니니, 나까지도 그 모습을 보자 행복해졌다.

우리는 사장님 방에 들어갔다. 들어가자마자 우리는 감탄을 연발할 수밖에 없었다. 사장님은 넓은 들판에 소풍 준비를 마치고 그 위에 앉아 햇빛을 만끽하고 있었다. 우리는 얼른 사장님한테로 달려갔다. 사장님은 우리를 보더니 손을 흔들었고 내가 얼른 다가가 물었다.

"사장님 이게 다 뭐예요? 저희 소풍 용품이에요?"

"허허 맞아요. 돗자리만 깔기는 아쉬워서 잘 어울리는 나무 탁자랑 밀짚으로 만든 바구니도 준비해봤어요."

나는 영화에서만 보던 소풍 물품들에 눈이 너무 즐거웠다. 옆에 있던 앤 님은 이미 사랑에 빠진 눈을 하고 있었다. 나는 돗자리에 앉아 옅은 연두색의 체크무늬를 손으로 쓸었다. 왠지 모르게 느껴지는 익숙한 기분에 마음이 울렁거렸다. 앤 님도 얼른 자리에 앉아 하나하나 구경하기 시작했다. 나는 여유 있게 앤 님을 기다리면서 이걸 어떻게 정리해야 하나 고민하고 있었다. 사장님이 그런 나를 보더니 책상을 가리켰다.

"이건 제가 쓸 겁니다. 허허. 저기 책상에 보시면 여러분이 가져갈 물품들을 다 정리해두었으니 들고 가시면 됩니다."

나의 의도를 정확히 눈치챈 사장님은 우리가 사용할 물품의 위치를 알려줬다. 나는 앤 님한테 얼른 가자고 했다.

앤 님은 못내 아쉬운 눈치였지만 오늘의 주인공은 용이었기 때문에 금방 자리를 털고 일어나 짐 쪽으로 향했다. 우리의 짐에는 예쁜 꽃다발이 하나 놓여있었다. '새로운 시작'을 응원하는 노란빛의 고운 프리지어였다. 사장님의 따뜻한 마음이 고스란히 느껴졌다. 우리는 사장님한테 큰소리로 감사하다고 말한 뒤 지용 씨와 만나기로 한 장소로 향했다. 사장님의 응원 덕에 오늘 소풍은 왠지 완벽할 것 같은 느낌이 들었다.

지용 씨와 만난 우리는 오두막으로 가지 않고, 먼저 쫙 깔린 잔디밭을 찾아 소풍 준비를 시작했다. 지용 씨는 용이와 준비를 마치고 같이 온다고 했는데 약속한 시간이 지나도록 용이의 모습이 보이지 않았다. 우리는 걱정이 된 나머지 오두막까지 달려갔다. 오두막 근처에 도착하자 우는 용이를 달래는 지용 씨의 모습이 보였다. 용이는 우리를 보더니 한걸음에 달려와 안기며 말했다.

"나 버리고 간 줄 알았어. 말도 없이."

우리가 지용 씨를 쳐다보자 그는 대답했다.

"용이가 두 분이 안 보이니까 불안했나 봐요. 제가 두 분이 먼저 가서 기다리고 있는 거라고 했는데도 쉽사리 믿지 못하더라고요. 진작에 같이 올 걸 그랬네요."

지용 씨가 난감하다는 듯이 우리를 보며 머리를 긁적였다. 우리는 울먹이는 용이를 꼭 안아주고는 말했다.

"용아, 나랑 앤 님은 너를 말없이 떠나지 않아. 우리가 용이 기다리게 해서 미안해. 다음번엔 꼭 미리 말해줄게. 알겠지?"

다행히 용이는 눈물을 빠르게 멈췄고 금세 밝아진 표정으로 뛰어다녔다. 우리는 빨리 올라와서 다행이라고 생각했다. 용이의 기분이 한결 나아 보이자 앤 님이 씩씩하게 말했다.

"자! 용아. 우리 이제 소풍 갈까, 소풍?"

용이는 들어보지 못한 낯선 말에 궁금해졌는지 똘망똘망한 눈으로 물었다.

"소풍이 뭐야?"

"소풍이 뭐냐면 예쁜 곳에 돗자리를 깔고 앉아서 주변 구경도 하고 맛있는 것도 먹고 하는 거야."

내 말에 용이는 '좋은거네'라고 말하더니 얼른 '소풍하자'라고 했다. 방방 뛰는 그를 보며 우리는 다 같이 '그래, 소풍 가자!'로 화답했다.

처음 가보는 숲길에 용이는 긴장이 된 듯 맞잡은 손에 힘이 들어가는 게 느껴졌다. 하지만 곧 아무 일도 일어나지 않는다는 걸 알았는지 용이는 손에 긴장을 풀고 주변 풍경을 구경하면서 내려 갔다. 그러고는 곧 달리기 시작했다. 그 덕에 지용 씨도 헐레벌떡 용이를 쫓아갔다. 다행히 용이는 우리의 소풍 장소를 지나치지 않 고 멈춰 섰다. 우리가 봐도 멈춰 설 수밖에 없는 아름답고, 황홀한 풍경이었다.

아까 준비할 때는 몰랐는데 돗자리를 펼치고 멋지게 꾸며놓은 잔디밭을 숲속에서 바라보니, 마치 동화 속 한 장면 같았다. 숲의 나무들이 입구처럼 문을 만들었고 그 문 안은 새파란 하늘 아래 연 두색 잎이 한가득한 울창한 나무가 한 폭의 그림처럼 펼쳐졌다. 그 그림에는 나무 그림자 아래 옅은 연두색의 체크무늬 돗자리와 음 식이 가득 담긴 바구니, 나무로 된 간이 책상이 제 위치에서 조용 히 자신을 뽐냈다. 다채로우면서도 튀는 곳 없이 서로 잘 어울리는 그림에 눈이 즐거웠다.

용이가 한눈에 반해 돗자리로 뛰어갔고 물건 하나하나가 신기 한 듯 만져보기 시작했다. 나는 그 모습이 정말 보기 좋았다. 아이 를 왜 키우는지 알 것 같다는 생각이 잠깐 스쳤다. 우리 엄마도 날 키울 때 이런 기분이었을까? 나만 그런 건 아닌 듯 지용 씨와 앤 님 역시 너무나 행복해 보였다.

지용 씨는 '용아~~'하면서 달렸고 나도 그 뒤를 따라 뛰었다. 어느새 용이도 우리를 따라오고 있었으므로 갑자기 술래잡기가 시작됐다. 처음엔 장난으로 시작했으나 어느새 나와 지용 씨는 죽자 살자 뛰고 있었다. 아무리 어린애랑 뛴다지만 둘 다 승부욕 때문에 열심히 도망치자 용이는 거의 울면서 뛰었다. 우리가 생각보다 쉽게 잡히지 않자 용이는 돗자리 위에 앉아 우리를 구경하고 있던 앤 님한테로 달려갔다. 앤 님이 용이를 번쩍 들어 올리며 달랬다.

"우리 용이, 둘 다 너무 나빴다. 그치? 용이 열심히 뛰었으니까 과일 먹을래?"

용이는 어느새 앤 님 말이면 어떤 말이든 다 따르는 지경에 이르렀다. 그는 무슨 과일이 있는지도 모르면서 일단 다 달라고 했다. 앤 님은 용이의 눈을 가리고 맛을 음미해보라며 사과를 한입 크기로 잘라 용이의 입에 넣었다. 용이는 작은 입으로 오물오물 씹어 먹으며 어떤 맛인지 알아내려고 노력하는 것 같았다. 우리는 그 모습을 보자 허기져서 곧바로 돗자리로 돌아왔다. 돗자리에 앉자마자 용이가 나의 팔을 붙잡으며 '잡았다!'라고 말했다. 나는 너무 놀란 나머지 그만 사레에 걸리고 말았다.

"이건 무효지! 네가 쉬고 있었잖아!"

"에이, 잡혔으면 술래지."

앤 님의 말에 용이는 사과를 계속 집어먹으면서 끄덕였고 나를 피하며 저 멀리 떨어지는 지용 씨도 끄덕였다. 나는 억울했지만, 과

일을 열심히 집어 먹었고 이따 기회 봐서 바로 잡아야지 라고 생각했다.

앤 님의 샌드위치와 김밥은 어릴 적 소풍 가서 먹던 딱 맛이었다. 나는 어렸을 때, 편식을 많이 하던 편이었고, 엄마가 바빠 시중에 파는 일반 김밥을 사주면 그 안에 햄만 골라 먹고 나머지는 그대로 들고 오곤 했다. 그래서 엄마는 항상 어린이집, 초등학교 소풍날만 되면 500원짜리 동전만 한 작은 김밥 안에 살짝 양념된 다진 고기랑 쌈무를 넣어 나만을 위한 김밥을 만들어줬다. 앤 님의 김밥도 그런 느낌이었다. 하나는 일반 가게에서 만드는 것처럼 여러 재료를 섞은 김밥이었고, 하나는 고기를 볶아 넣은 추억의 맛이었다.

"앤 님 음식은 진짜 맛있는 것 같아요. 저는 특히 이거. 김밥 고기 많은 거."

나의 말에 앤 님은 흐뭇하게 웃었고 지용 씨도 인정한다는 듯 끄덕이며 먹었다.

"저는 근데 여기 고기 들어간 김밥에 쌈무도 조금 넣으면 좋을 것 같아요. 저 어렸을 때 엄마가 그렇게 해주셨거든요."

"아, 그래요? 그것도 좋은 생각이네요. 혹시나 용이가 야채를 안 좋아할까 봐 만들어봤는데 다음엔 쌈무도 같이 넣어봐야겠어요."

우리는 앤 님의 정성이 담긴 음식을 열심히 먹었고 다들 배가 충분히 불렀는지 하나같이 돗자리에 눕기 시작했다. 네 명이 일렬로 눕기에는 좁았지만 그래도 멍하니 하늘을 볼 수 있는 건 좋았다. 그렇게 다들 천천히 잠에 빠져들고 있었다. 나는 요즘 잠이 부쩍 줄어서 곤히 자는 사람들 위로 담요를 덮어준 뒤 조용히 일어섰다.

나는 한적한 곳에 자리를 잡고 앉아서 가만히 풍경을 구경했다. 이렇게 다 같이 날씨 좋은 곳에서 여유를 즐기는 게 얼마 만인가? 이제 아이처럼 신나게 밖을 뛰어다니는 용이를 보니 뿌듯한 마음이 절로 생겼다. 용이도 이제 '감정적'에서 함께 생활할 날이 얼마 남지 않았다. 그렇게 생각하니 오두막에서 다 같이 노는 순간도 별로 남지 않았구나 싶었다.

"아, 오두막에서 못 노는 건 또 아쉬운데…"

나도 모르게 나온 아쉬움에 순간 놀랐다. 내가 이렇게 애정을 느끼는 장소가 생길 줄이야. 다시 생각해보니 오두막보다는 용이, 지용 씨 그리고 앤 님과 함께한 순간이 좋아서 그런 것 같다. 그들은 사람 마음을 편하게 해주는 마법 같은 힘이 있다. 그래서 나도 자꾸 웃음이 나온다.

"정말 신기한 일이야."

나는 이 기분을 오래 느끼려 고개를 들어 하늘을 마주 봤다. 지금, 이 순간부터 처음 이 세계에 들어온 날까지 그들과 함께한 행복했던 시간을 되짚어보다 문득 용이를 처음 만났던 그날이 떠올랐다. 그날의 용이는 나의 어린 시절을 떠올리게 한다.

나는 평범한 아이였다. 물론 지금도 평범한 어른이다. 하지만 그때의 나는 내가 '평범하다'는 것을 몹시도 불안하게 여겼다.

아주 어릴 때부터 시작된 단체생활 그리고 그 속에서 매일같이 벌어지는 경쟁. 나는 관심이 목마른 아이였다. 내가 원하는 것을 하는 것보다 남에게 어떻게 하면 잘 보일지부터 생각하고 행동하곤 했다. 사람들은 나에게 '너는 왜 이렇게 똑똑하니', '도담이는 너무 착해', '부모님이 걱정 하나도 안 하겠다'라고 말하곤 했다. 나는 그들의 기대에 부응해 알아서 뭐든 척척 잘하는 아이로 보여야 했고 욕심부리지 않고 양보하는 아이여야 했다.

착한 아이여야 한다는 가면은 아주 단단했으나 어느 순간부터 금이 가기 시작했다. 공부하는 모습은 본 적도 없는데 시험만 보면 상위권을 유지하던 똑똑한 아이가 있었다. 그 아이에 대한 질투심은 빠르게 나를 무너뜨렸다. 내가 노력으로 일궈낸 걸 그 아이는 너무도 쉽게 차지했다. 공부할 이유를 잃어버렸다. 내가 괜찮은 사람이라는 걸 보여줄 수 없었다. 그렇게 나는 숨어버렸다. 사람들 앞에 서지 않으면 내가 괜찮지 않은 사람인 걸 숨길 수 있었기 때문이었다.

나는 내가 가진 걸 보지 못했다. 사실 관심도 없었다. 나라도 나를 사랑했어야 했는데… 결국은 나도 나를 버린 꼴이었다.

사실 이곳에 들어온 첫날, 할머니 댁을 보지 않았다면 나는 그 날의 기억을 평생 꺼낼 수 없었을 것이다. 나는 어렸을 때 부모님이 바빠 시골에서 홀로 살던 할머니한테 자주 맡겨지곤 했다. 초등학교 4학년 이후로 더 찾아간 적이 없어 기억에서 사라졌으나 나는 분명 할머니 댁에 가는 걸 좋아했다. 그곳에 가면 머리끝부터 발끝까지 할머니의 관심을 받지 않는 곳이 없었다. 누군가의 시선 끝에 내가 있다는 건 정말이지 기분 좋은 일이었다.

'평범하다'는 건 뭘까. 이곳에 들어온 지금, 나는 더 이상 타인의 시선을 신경 쓰지 않는다. 분명 남보다 더 능력 있다는 칭찬도, 상도 없는데 왠지 마음이 편안하다. 왤까? 평범하면 뒤처지는 게 아니었나?

언제 깼는지 지용 씨가 내 옆에 와 앉았다.

"무슨 생각을 그렇게 해요?"

나는 앤 님 외에는 속마음을 말해본 적이 없었다. 그래서 입이 잘 떨어지지 않았다. 내가 아무 대답이 없는데도 지용 씨는 재촉하지 않고 가만히 나를 기다렸다.

"이곳은 감정을 얻는다는 것 말고는 일을 열심히 한다고 상을 받지도 않고, 또 그렇다고 일을 안 해도 뭐라 하는 사람도 없는데 신기하게 마음이 편안해서요. 아무래도 이곳이 현실이 아니라서 그런 걸까요?"

나의 말에 지용 씨는 갸웃거리더니 말했다.

"음, 글쎄요. 그 부분은 생각해보지 않아서 모르겠는데 단순히 현실이 아니라서 좋은 게 아니라 나도 남에게 도움이 되는 사람이라는 걸 알려주는 곳이기 때문에 그런 거 아닐까요? 담이 씨 생각은 어때요?"

나에게 돌아온 질문에 나는 입을 닫고 말았다. 그런 나를 지용 씨는 물끄러미 쳐다보더니 말했다.

"처음에 이곳에 왔을 때 가장 소중했던 순간이 언제였는지 물어봐도 돼요?"

"음… 제 시간이 멈춰 있는 곳은 초등학교 때였어요. 그때 시골 할머니 댁에서 느꼈던 따뜻했던 감정이 지금도 생각나요."

"초등학교 때라 한 10년은 됐겠네요."

"맞아요."

나는 부끄러웠다. 큰 사건은 없었지만 조금씩 내 감정이 사라져 갔겠지. 그렇게 10여 년이라는 세월이 흘러 완벽히 망가진 후에야 이곳에 왔다. 조금 더 빨리 왔다면 내 인생이 약간이라도 바뀌었을까.

"제가 왜 이곳에 왔는지 말해줄까요?"

"네?"

나는 그러고 보니 지용 씨 같이 밝은 사람이 왜 이곳에 있는지 궁금해졌다.

　"저는 가장 사랑하는 사람이 절 떠났어요. 고등학교 3학년 여름 정도 됐을 때 부모님이 이혼하셨거든요. 저는 그동안 부모님이 싸우실 때면 못 들은 척하고 방에 들어가고 그랬어요. 집은 원래 그런 건 줄 알았거든요. 엄마, 아빠는 매일같이 싸우는 사람들이었고, 좋았던 기억이 가물가물해요. 그런 집이니 애가 무슨 공부가 됐겠어요. 할 생각도 없었지만. 집이 조용할 때면 둘 중 한 사람만 있거나 아니면 아무도 없거나. 저 중학교 땐가 그래도 그땐 집에 사람 냄새가 났었는데, 엄마가 집을 나간 이후로 집은 항상 비어 있었어요. 아빠는 알아서 챙겨 먹으라고 항상 만원을 식탁 위에 올려놓고 갔지만 저는 그 돈이 참 미웠죠. 친구 집 놀러 갔을 때 처음 알았어요. 다른 집은 원래 상다리가 부러질 정도로 반찬을 가득 놓고 밥을 먹는다는 걸. 저는 밥 먹을 때 항상 짜장면 한 그릇에 단무지 하나였으니까. 정답게 밥 먹는다는 걸 잊은지 오래됐어요."

　나는 지용 씨의 안타까운 사연에 묵묵히 듣는 것 외엔 아무 말도 할 수 없었다.

　"성인이 되고 나서부터는 아빠라는 사람한테 신세 지고 싶지 않은 거예요. 밖에서 만나면 절 알아볼까 싶기도 하고 물론 엄마라는 사람한테도요. 그래서 이것저것 알바를 시작하고 매일같이 일했어요. 돈 되는 거면 어떤 일이든 할 태세로. 그렇게 일해서 모은 돈을 생활비로 쓰기 시작한 때부터는 아빠가 준 돈, 손도 안 댔어요. 그러니까 아빠가 더 이상 놓지도 않더라고요. 제가 밥은 잘 챙겨 먹는지 궁금하지도 않았나? 근데 어느 날 기차표가 하나 있는 거예요. 메모로 '아빠가 받은 건데 친구들이랑 써라' 이 한마디 있었어요. 어이가 없었죠. 그냥 책상 한쪽에 던져놓고 말았는데 알바하면서도 계속 눈에 아른거리는 거예요. 왠지 제 인생에 가장 중요한 순간이 될 것 같은 느낌? 그래서 티켓을 바로 집었어요. 그리고 도착한 역에서 누구를 만났는지 아세요?"

내가 아무 말도 하지 않자, 지용 씨는 나를 한번 보더니 다시 시선을 돌렸다.

"엄마가 마중 나와 있더라고요."

"네? 엄마분이요?"

"네, 엄마요. 새아빠랑 함께. 저는 그 자리에서 바로 기차 시간을 바꿔서 돌아왔어요. 그렇게 방에서 며칠 동안 안 나왔는지 모르겠네요. 종일 잤는데 어느 날 눈 떠보니까 여기 입구에서 자고 있더라고요."

나는 더 이상 어떤 대답도 할 수 없었다. 겪어보지 못한 슬픔을 가늠해 건네는 가벼운 위로를 지금은 하고 싶지 않았다.

"저는 솔직히 여기 평생 눌러앉으려고 했거든요? 배도 안 고파, 잘 곳도 줘, 풍경은 끝내주지, 사람들도 친절하고. 그래서 이곳저곳 다녀본 거예요. 이렇게 좋은 곳에도 질리는 점이 있지 않을까 싶어서. 근데도 계속 좋더라고요. 그리고 완전히 혼자가 되니까 오히려 가뿐했어요. 그러다가 오두막을 발견한 거예요."

"용이를 만났군요."

"맞아요. 상처로 가득한 용이를 만났어요. 처음에는 이상한 애라고 생각했는데 아니었어요. 애가 속이 너무 깊더라고요. 너무 일찍 철들어버린 애처럼. 제 어릴 적 모습을 보는 것 같았어요. 그래서 계속 챙겨주고 싶었죠."

나도 그렇게 생각했는데… 우리는 용이를 보며 자신을 돌아보고 있었다.

"용이는 원래 자신을 돌봐줬던 사람한테 버려졌다고 생각하더라고요. 저는 아니라고 했지만, 더 해줄 말이 없었어요. 제가 본 용이는 누군가가 버리고 싶어도 버리지 못하는 그런 사랑스러운 애였거든요. 용이를 만나면서 많이 치유됐어요. 아, 내가 못나서 부모님이 이혼한 게 아닐 수도 있겠다. 두 분이 헤어질 만한 이유가 있었을 수도 있겠구나. 제가 버려질 정도로 하자가 있는 사람이 아닐 수도 있겠다는 생각이 들었어요. 용이와 함께 지내며 처음 느낄 수 있었죠. 누군가에게 의지가 되는 사람이 된다는 건 어떤 느낌인지. 그래서 조금은 이해할 수 있게 됐어요."

용이를 떠올리는 지용 씨의 얼굴은 한결 편안해 보였다.

"사실 바보 같지만, 사장님한테 용이를 바로 말씀드리지 못한 이유도 여기 있어요. 처음으로 저한테 의지하는 존재를, 제가 의지하는 존재를 만나니까 저만 알고 싶더라고요. 이 예쁜 아이가 저만 좋아했으면 좋겠다고 생각했어요. 참 바보 같은 생각 아닌가요?"

지용 씨는 쓸쓸한 듯이 말했다. 어린 마음에 용이를 일찍 사장님한테 알리지 못한 자신이 원망스러워 보였다.

"이제 떠나야 하는데 후회되네요. 제가 용이를 버리는 것 같아서요. 그래서 사장님한테 말씀드리려던 찰나에 여러분을 만났어요. 오히려 반가웠어요. 용이가 사장님한테 적대감을 많이 가지고 있었으니까 절 대신해 용이를 돌봐줄 사람을 찾아서 기뻤어요. 물론, 그것도 용이가 아니라 절 위한 생각이라는 것도 모르고 말이죠."

나는 지용 씨의 말을 듣고는 의문이 들었다. 우리는 분명 처음 보는 사람들이었는데 우리보다는 사장님이 낫지 않았을까?

"하지만 저희는 지용 씨가 믿을 수 있는 사람이 아니었잖아요."

"맞아요. 근데 저는 앤 님을 본 적이 있어요. 이 세계에 처음 들어왔을 때, 제가 그때 많이 폐인이었어서 숨어 다녔는데, 그때 그분은 처음 들어온 제가 적응할 수 있도록 도와주려고 했어요. 지금도 그렇지만 그때 앤 님을 정말 좋은 사람이라고 생각했어요. 아마 앤 님은 기억 못할 거예요."

앤 님은 나처럼 이곳에 새로 들어온 지용 씨를 도와주고 싶어 했다. 지용 씨는 마음의 문을 닫았던 탓에 앤 님과 좋은 관계를 유지할 수는 없었지만, 그녀가 좋은 사람이라는 것은 알고 있었다.

"그러고 나서 여러분과 함께 이곳에 와서는 많이 후회했어요. 저랑 용이는 서로를 대체할 수 없는 사이인데 용이와 상의도 하지 않고 떠나겠다고 말했으니 말이에요. 그때 아무 거리낌 없이 용이를 달래주던 앤 님을 보고 생각했어요. 용이가 다른 사람들을 만날 수 있게 끝까지 도와주고 떠나야겠다고."

늦었지만 지용 씨는 용이가 새롭게 살아갈 수 있도록 도와주고자 마음먹었다. 나는 용이에게 그를 위해 무엇이든 하려고 하는 존재가 있다는 사실이 부러웠다. 세상에 모든 걸 바칠 수 있을 만큼 소중한 누군가가 있다는 건 어떤 느낌일까?

"그럼 부모님을 용서하셨나요?"

나는 '저 너머 세계'로 돌아가겠다고 마음먹은 지용 씨의 생각이 궁금했다. 돌아가는 게 무섭지는 않은 걸까?

"물론 저한테 한마디 상의도 없이 본인을 만나줄 거라고 생각한 엄마나, 얼굴은 비추지도 않으면서 대화는 메모지로만 하는 아빠나 아직은 너무 미워요. 절 혼자 둔 세상이 밉죠. 하지만 여기만 있으면 그 문제를 극복할 수가 없잖아요. 그냥 부딪혀보려고요. 나때문에 이혼한 건지, 나를 사랑한 순간은 있었는지. 무섭지만 물어보려고요. 저는 용기를 배웠어요. 이곳에서. 그리고 용이한테서 위로받았어요. 용이는 저도 할 수 있다는 생각을 심어줬어요. 제가 도움이 되는 존재라는 걸 깨닫게 해줬어요. 정말 신기한 게 뭔지 아세요? 제 소중한 순간이 바로 고등학교 개근상 받았을 때였어요."

개근상 이야기를 하며 지용 씨는 숨넘어갈 듯 웃었다.

"아, 너무 웃긴 거예요. 제 인생의 시간이 고작 개근상 하나에 움직이고 있었다는 게. 전 대충 누군가한테 사랑받은 기억이겠거니 했는데 개근상이라니. 남들도 다 받는 거 그게 뭐가 좋다고. 근데 생각해보면 기쁘긴 했어요. 나도 상이라는 걸 받을 수 있구나 싶어서. 집으로 돌아가면 당장 그동안 받은 개근상 찾아서 전시해두려고요."

이 말을 하는 지용 씨가 굉장히 빛나 보였다. 본인은 모르겠지만 그는 아주 단단한 마음을 가졌다. 현실로 돌아가서도 너무 잘해낼 것 같았다. 나는 앞으로 지용 씨가 멋지게 살아갈 날이 부러워졌다.

"아무튼 담이 씨 인생이 저보다 파란만장했던, 아니든 간에 이곳에 올 정도였다면 많이 힘들었던 거잖아요. 본인 얘기가 더 이상 아프지 않을 때 나갈 수 있어요. 제가 선배라서 이렇게 담이 씨한테 제 얘기하는 거예요. 저도 제 인생 선배가 이렇게 말해줬어요.

여기 온 지 얼마 되지 않았을 때. 저처럼 후배가 생기면 그때 본인 얘기해주세요. 그것보다 큰 위로가 없어요."

지용 씨는 멋지게 웃음을 한번 날려주고는 벌떡 일어나 털레털레 나를 떠났다. 나는 지용 씨의 얘기를 곱씹으면서 나도 언젠가 내 얘기를 편하게 할 수 있는 날이 오기를 기도했다. 그리고 저렇게 멋지게 말할 수 있게 해달라고도 빌었다.

내가 돗자리로 돌아가니 어느새 용이와 앤 님도 깨서 놀고 있었다. 용이는 지치지도 않는지 열심히 뛰어다녔는데 나비처럼 가벼워 보여서 좋았다.

나는 소풍 바구니 안에서 아까는 못 봤던 빛나는 무언가를 꺼냈다. 그건 휴대용 별사탕 믹서였다. 그리고 감정 증폭제로 보이는 몇 가지 별사탕이 보였다. 내가 이게 왜 들어있을까 싶어 살펴보고 있는데 그런 나를 본 앤 님이 와서 물었다.

"이거 담이 씨가 가져온 거예요?"

"아뇨, 사장님이 넣어주신 것 같은데요?"

내 말에 앤 님은 의아해하더니 이내 좋은 생각이 떠올랐다며 자기한테 달라고 했다.

"뭐 하시려고요?"

앤 님은 내 물음에도 아무 말 않고 열심히 별사탕을 갈아내더니 용이를 불렀다.

"용아, 이쪽으로 와볼래?"

"왜요?"

신나게 뛰어놀던 용이가 앤 님의 부름에 깡충깡충 뛰어왔다. 앤 님은 별 말없이 용이를 뒤돌게 한 다음 별사탕 가루를 등에 듬뿍 뿌렸다.

"자, 이제 다시 열심히 뛰어놀아!"

앤 님은 용이의 등을 탕탕 두 번 두드려 보냈다. 용이는 다시 열심히 뛰어놀기 시작했고 옷에 달라붙어 있던 가루가 서서히 떨어지더니 용이의 꼬리처럼 지나가는 곳마다 열심히 흩어졌다. 나는 이렇게 많은 양의 별사탕이 뿌려지는 걸 처음 보는 터라 입을 벌리고 노란 띠를 쳐다봤고, 지용 씨와 앤 님도 나와 똑같은 상태였을 거라고 생각한다. 이내 별사탕 가루는 바람에 날려 우리한테까지도 퍼졌는데 꼭 이 세상이 원래부터 노란색이었던 것 같았다. 나, 앤 님, 지용 씨 그리고 용이까지 지금은 모두가 똑같은 기분을 느낄 수 있었다. 별사탕으로부터 시작된 행복의 기운은 우리의 감정을 폭발적으로 끌어올렸다. 덕분에 기분이 좋아진 우리는 다 같이 일어나 용이를 끌어안고 잔디밭 위에서 뛰어놀기 시작했다. 어린이처럼 뛰어놀던 그 순간은 마치 영화의 한 장면처럼 아름다웠다. 기쁘다, 이렇게 소중한 사람들과 함께 즐거운 추억을 쌓을 수 있어 행복하다는 생각이 저절로 들었고 그 생각은 더 이상 별사탕이 남아있지 않은 나중에도 그보다 더하게 우리의 감정을 증폭시켰다. 순간을 산다는 느낌, 정말 오랜만에 느낀 감정에 나는 마음이 벅차오르는 것을 느꼈고 잠깐 이런 생각이 스쳤다. 나의 시계가 다시 움직였을 것 같다고. 멈췄던 시계를 움직이는 방법은 지금을 사는 것이라는 사실을 나는 이제 알았다.

모두가 행복한
별사탕 파티

별사탕 가루 덕분에 행복을 맛볼 수 있다는 건 이 세계가 가진 최고의 장점이다. 우리는 어제 별사탕의 도움으로 소중한 시간을 보냈다. 별사탕은 마치 '아이의 웃음' 같다. 나도 모르게 진심으로 웃게 되니까. 그렇게 시작된 감정은 한순간이지만 나를 지금, 이 순간에 머무르게 했다. 정말 처음으로, 이 순간에 내가 존재할 수 있어서 감사했다. 앤, 지용, 용이와 함께할 수 있어서 좋았다. 그리고 그들도 나와 똑같이 생각할 거라고 확신했다. 용이가 행복해하던 그 표정을 떠올리며 나는 스르르 눈을 감았다.

내가 잠에서 깨자마자 한 말은 '이거다!'였다. 꿈속에서 나는 열심히 별사탕을 갈고 있었다. 마치 어느 공장에서 일하는 것처럼 쉴 새 없이 갈았다. 그런 내 옆에선 아이들이 별사탕 가루 위에서 뒹

굴고, 가루를 흩날리며 놀고 있었다. 나는 그 모습을 보며 힘든 줄도 모른 채 별사탕을 열심히 부수고 있는데 어디선가 나타난 용이가 내 손을 잡더니 나를 별사탕 가루 속으로 풍덩 빠뜨렸다. 얼마나 많이도 갈았던지 나의 몸은 쉴 새 없이 별사탕 가루 밑으로, 밑으로 빨려 들어갔다. 하지만 무섭기는커녕 황홀할 정도로 좋았다. 마치 구름 속에 파묻힌 기분이었다. 그러다 일어나고 싶다고 생각하자 곧 별사탕이 걷히더니 어느새 나는 별사탕 구름 위에 서 있었다. 그 위에서 본 이 세계는 끝이 보이지 않는 초원이었다. 지상 낙원이라고 부를 수 있는 초원. 그렇게 나는 꿈에서 깼다.

일어나자마자 나는 한 치의 망설임도 없이 '감정적'으로 달려갔다. 열심히 뛰어가는 길에 앤 님과 지용 씨도 만났다. 우리는 뛰어오던 서로를 보고는 싱긋 웃었다. 직감적으로 우리는 모두 같은 생각을 하고 있다는 것을 알았다. 우리 셋은 부지런히 사장님 방으로 달려갔다.

사장님 방문 앞에서 헉헉거리며 이제야 사장님이 아직 출근하지 않았으면 어쩌지 하고 생각했다. 지금은 새벽 7시. 보통이라면 아무도 출근하지 않았을 시간이지만 오늘은 왠지 사장님이 있을 것 같았다.

문을 조심스럽게 두드리자 안에서 사장님의 목소리가 들렸다. 우리는 기쁜 나머지 서로를 얼싸안고 뛰었다. 이제 사장님한테 꿈이야기를 전하는 일만 남았다.

우리의 얘기를 들은 사장님은 이미 알고 있었다는 듯 우리를 사무실 안쪽으로 안내했다. 그곳에는 엄청나게 큰 통이 있었는데 아무래도 별사탕을 갈아내는 기계인 것 같았다. 이렇게까지 준비를 일찍 마친 사장님이 도대체 언제 이 사실을 알아냈는지 궁금했다.

"사장님, 도대체 언제부터 별사탕 가루로 이 세계를 지킬 수 있다는 걸 알게 되신 거예요?"

나의 물음에 사장님은 대답했다.

"저도 몇 날 며칠을 잠도 못 자면서 많이 고민했습니다. 현재 이 상황에 도달하게 된 이유와 과거 이 세계가 무너지기 시작했던 그때까지 여러 번 상상해봤죠. 아무리 생각해도 이 세계가 무너지기 시작한 이유는 하나밖에 없었습니다."

"감정 에너지가 고갈된 것이 아닌가요?"

앤 님의 물음에 사장님이 미소 지었다.

"그게 결정적인 이유이긴 하지만, 근본적인 이유가 따로 있죠. 이 '감정적'이 왜 세워졌는지 다들 아시는 거죠?"

우리는 모두 끄덕였다. 나는 앤 님한테, 앤 님은 또 다른 누군가한테, 지용 씨 역시 마찬가지로 이곳에 처음 왔을 때 안내해줬던 사람한테 들었을 것이다. 거슬러 올라가 보면 '첫 번째 남자'와 그 시대를 살고 '저 너머 세계'로 돌아간 사람들이 나오겠지.

"이곳이 무너지기 시작한 이유는 단순히 감정 에너지가 줄어들었기 때문은 아닙니다. 이곳이 안정된 곳이었다면 이번 사건처럼 일시적인 이유로 무너지진 않았겠죠. 그건 너무나도 사소한 에너지의 변동이었어요."

사장님의 말을 듣고 보니 그랬다. 아무리 감정 에너지의 균형이 깨졌다지만 이렇게 일시적인 변화에 바로 무너졌다는 것은 원래부터 이 세계가 불균형 상태였다는 말이 된다.

"지금은 다시 원래대로 이곳을 유지하기 위한 감정 에너지를 모으고 있죠. 그러니 이제는 무너지는 현상이 완화되어야 합니다만 누가 스위치를 누른 것마냥 속도가 점점 빨라지고 있습니다."

"그러면 용이는요?"

사장님을 말씀을 듣던 중 지용 씨는 용이의 이름을 꺼냈다. 아무래도 오두막이 위험할 것 같다.

"용이의 오두막은 안심하셔도 됩니다. 제가 매일 아침 가보니까요. 적당량의 감정 에너지를 오두막 주변에 주입하고 있습니다. 그 주변은 이 세계가 무너지는 한이 있더라도 끈끈이 폭포와 함께 가장 마지막에 무너질 겁니다."

사장님의 말에 모두가 안도의 한숨을 쉬었다. 사장님은 모든 것을 내다보고 직접 움직이고 있었다.

"이곳이 생긴 이유와 무너지는 이유는 같습니다. 이곳은 원래 아이들의 쉼터였으니까요. 이곳을 유지할 수 있는 건 순수한 마음 뿐이죠. 그건 어린아이들이 가지고 있는 동심과 같습니다. 자신이 느끼는 그대로를 누리고, 즐기고, 표현하여 다른 사람에게 전염시킬 수 있는 감정이야말로 최고의 능력이죠."

그렇게 말하며 사장님은 우리에게 분홍색 별사탕을 한 알씩 줬다. 색이 아주 투명하고 예쁜 끈끈이 폭포의 별사탕이었다. 그게 바로 순수한 마음. 바로 동심이다.

"지금도 아이들의 놀이터가 있지만 그건 이 세계의 주가 아닙니다. '감정적'을 세운 어른이 마음이 비워진 어른을 위한 공간을 만들면서 아이들의 자리가 없어졌어요. 우연히 동심을 품고 온 아이도 자신이 놀 곳을 찾지 못해 헤매다가 돌아갑니다. 그런 아이는 다시는 이곳을 찾아오지 않아요. 물론 감정이 비워지면 오겠지만."

나는 순간 그렇구나 싶었다. 아이가 무한히 내뿜는 순수한 감정으로 유지되던 세상이, 남의 감정을 빌려 만든 감정 에너지로 유지되기에는 턱없이 부족했을 것이다. 나와 앤 님 그리고 지용 씨까지 모두가 이해된다는 듯이 끄덕였다.

"사장님, 그럼 직접 알려주지 않고 저희가 알아차리도록 하신 이유가 뭐죠?"

나의 물음에 앤 님과 지용 씨 모두 사장님을 바라봤다. 사장님은 우리의 진지한 표정을 보더니 활짝 웃으며 말했다.

"용이도 이제 밖으로 나올 준비를 해야 하니까요. 모두가 순수하게 그리고 즐겁게 놀았으면 했습니다. 겸사겸사 여러분의 고민도 덜어드릴 수 있을 것 같기도 했고요. 별사탕은 생각보다 우리에게 많은 감정을 주지 않아요. 한가득 뿌려봤자 우리의 마음은 비어있기 때문에 그리고 별사탕은 빌려온 감정이기 때문에 우리의 감정을 벅찰 정도로 증폭시켜주지 않습니다. '감정 증폭제'가 왜 '감정 증폭제'라는 이름이 붙여졌는지 아시나요?"

우리는 모두 고개를 저었다.

"'감정 증폭제'는 말 그대로 '감정'을 '증폭' 시켜줍니다. 하지만 이걸로는 부족해요. 중요한 건 그 사람이 놓여있는 상황이에요. 그리고 본인의 마음이죠. 본인이 그 찰나의 감정을 맛보고 흡수하지 않는다면 감정은 증폭되지 않아요. 모두 자신이 이뤄낸 감정이죠. 감정은 본인만이 만들어낼 수 있어요. 여러분이 느꼈던 그 행복감. 그건 바로 여러분이 그 순간 행복했고, 더 행복하길 원했기 때문에 생겨난 무한한 감정인 겁니다. 그걸 알았으면 했습니다. 여러분이 스스로 느끼길 말이죠. 덕분에 저도 멀리서 행복했습니다. 저는 여러분이 행복하길 바랐으니까요."

우리는 사장님의 말에 어제를 떠올렸다. 분명히 용이뿐만 아니라 우리 모두의 마음이 말랑말랑해지는 소중한 시간이었다. 몇 초만 느끼는 행복감이 아니라 그 순간 자체가 행복했다. 그 감정을 내가 원했고 만들어냈다. 그리고 그 덕에 정말 행복했다.

"이 별사탕은 이곳의 어린이 놀이터와 끈끈이 폭포에서 나오는 별사탕입니다. 아이들의 순수한 마음이 응축되어 있죠. 이 별사탕이라면 세계를 구할 수 있을 겁니다."

우리는 사장님이 주신 분홍색 별사탕을 바라봤다. 내가 끈끈이 폭포에서 본 연분홍빛 별사탕처럼 투명하면서도 색이 선명했다. 이 아름다운 빛깔은 순수한 어린이들의 마음에서만 나올 수 있는 것이었다.

사장님은 우리한테 이 마을의 어린이 놀이터로 가서 아이들을 '감정적' 주변으로 불러내 달라고 부탁했다. 그러면 사장님이 정오에 맞춰서 별사탕 가루를 이곳저곳에 내놓을 예정이라고 했다. 우리는 오늘 온종일 별사탕 파티를 열 것이다.

우리는 한 가지 걱정되는 부분이 있었다. 용이도 이 파티에 같이 참석하면 너무 좋을 것 같았다. 용이를 저번 소풍처럼 내려오게 하고 싶은데 다른 사람들을 만나면 겁먹을 것 같아서 그게 걱정이었다. 우리는 쉬면서 방법을 찾아보자고 하였고 일단 집으로 돌아갔다.

약속한 시간이 되자, 최대한 편한 옷으로 갈아입고 우리 셋은 어린이 놀이터로 모였다. 우리는 사장님이 미리 만들어둔 별사탕 가루를 열심히 뿌려대며 아이들을 불러 모았다. 아이들은 난생처음 보는 흥미로운 가루에 정신없이 따라왔고 여러 아이를 '감정적' 쪽으로 불러오는 데 성공했다. '감정적' 안팎으로 아이들이 뛰어놀면서 왁자지껄한 분위기가 형성됐고 우리가 사장님한테 신호하자 알겠다는 듯 창문에 있던 사장님이 안으로 들어갔다.

정오가 되기 1분 전, 우리 셋은 모두 손잡고 떨리는 마음으로 기다렸다. 30초 전 심호흡을 크게 하고 1초 전, 은은히 풍겨오는 행복의 기운에 마침내 감정은 폭풍처럼 요동치기 시작했다. 그리고 펑! 하는 소리와 함께 '감정적'의 이곳저곳에서 폭죽처럼 별사탕 가루들이 퍼지기 시작했고 사장님의 계획을 알고 있던 몇 사람들은 별사탕 가루 포대를 날라 마을 전체에 마구 뿌려댔다. 예상치 못한 일에 마을 사람들은 당황하는 듯 보였으나 곧 행복 바이러스에 전염되어 마구 뛰어다녔다. 파티가 시작된 지 5분도 지나지 않은 지금, 이곳은 한 명도 빠짐없이 모두가 별사탕에 파묻혀 놀기 시작했다.

하지만 우리는 아직 마지막 임무가 남았으므로 가만히 서서 즐길 수는 없었다. 우리가 서둘러 숲으로 향하자 몇몇 아이들이 따라왔다.

"저희랑 같이 놀아요!"

"얼른요!"

따라오는 아이들을 보자 나는 좋은 생각이 떠올랐다. 우선 별사탕 가루 한 포대를 챙기고 아이들한테 저쪽으로 올라가면 더 재밌는 일이 생길 거라고 꼬드겼다. 아이들은 오두막까지 가는 길을 표시해둔 끈을 찾아가며, 보물찾기를 하는 것 같다고 신기해하면서 곧잘 따라 올라갔다. 나는 아이들이 뛰어 올라가는 길목에 열심히 별사탕 가루를 뿌리며 그 뒤를 쫓아갔다. 우리 셋은 뒤따라 올라가면서도 걱정을 멈추지 못했으나, 오두막에 도달하자 놀라운 광경을 볼 수 있었다.

용이는 갑자기 찾아온 불청객들 때문에 몹시 당황하고 있었는데 대부분이 용이보다 어린아이들이었기 때문에 '형아', '오빠' 하면서 따라오는 아이들을 물리칠 수 없었다. 용이는 당황스럽다는 의사를 온몸으로 표현하는 중이었지만 아이들한테는 통하지 않았다. 우리는 오두막 주변에 가득 찬 감정 에너지 구름을 보고 느낄 수 있었다. 아이들은 별사탕 가루 따위는 필요 없었다. 그들 자체가 감정 에너지, 별사탕 그 자체였다.

우리는 이 기회를 놓칠세라 '저기 내려가면 더 재밌는 게 있다던데!'라고 외쳤다. 그 소리에 반응한 별사탕들은 용이의 손을 잡고 마구 달렸다. 원래는 가지 않으려고 버텼던 용이도 그들의 힘에 못 이겨 달렸다. 용이도 그들도 달려야만 다치지 않을 수 있었다. 그렇게 용이는 드디어 오두막의 경계를, 용이를 숨겨주던 숲을 빠져나올 수 있었다.

용이는 '감정적'과 마을을 처음 봤지만, 연분홍빛 가루로 가득 찬 이곳을 무서워하지 않았다. 모든 사람이 아이처럼 뛰어놀고 있었기 때문이다.

별사탕 구름 즉, 감정 에너지는 걷잡을 수 없이 마구 피어올라 마을을 뒤덮었다. 그리곤 더 쭉쭉 퍼져 이 세계의 끝보다 더 끝까지, 보이지 않는 어딘가까지 잔뜩 뻗어 나갔다. 모두가 아이같이 뛰어노는 모습을 보자 나도 몸이 근질거렸고, 그건 앤 님과 지용 씨도 마찬가지였다.

"진작에 이런 방법을 생각했으면 좋았을 텐데 아쉬워요. 앞으로도 자주 하면 너무 좋을 것 같아요."

내 말에 지용 씨와 앤 님이 답했다.

"아뇨, 전 지금이 딱 적기였다고 생각해요."

"저두요!"

두 사람의 말을 듣고 나는 또 아차 싶었다.

"맞네요… 맞아요! 우리 모두가 함께한 지금이… 지금이 적기네요!"

나는 아직 어렵다. 지금 순간을 즐기는 것이. 하지만 나는 변하고 있다. 나도 곧 앤 님과 지용 씨처럼 생각할 수 있겠지.

그렇게 생각을 바꾸고 뒤돌아보니, 아이들이 놀고 있는 곳을 유심히 바라보고 있는 앤님의 모습이 보였다. 자기들을 바라보고 있는 앤 님의 시선을 느꼈는지 한 무리의 병아리 떼가 달려와 앤 님을 둘러싸더니 별사탕 가루가 쌓여있는 곳으로 그녀를 데려가 넘어뜨리려 하였다. 아이들의 천진난만한 장난에 앤 님은 못 이기는 척 뒹굴었고 아이들과 함께 놀기 시작했다. 나 그리고 지용 씨도 그 옆에 풍덩 빠지면서 행복한 기운을 마구 느꼈다.

별사탕 가루는 그저 우리가 행복한 감정을 느낄 수 있도록 도와주는 역할을 한다. 그 감정을 키우는 것은 우리가 할 일이고, 소중한 사람과 함께 있다면 그 일은 노력하지 않아도 자연스럽게 이뤄진다는 것을 알았다. 나중에야 들었는데, 이날 우리 모두의 감정 게이지는 망가졌다고 한다. 수치로는 표현할 수 없는 황홀한 경험이었다.

15

헤어짐과 새 출발
그리고 어린이들의 놀이동산

나는 그날 이후로 방을 꾸며야겠다고 생각했다. 좋아하는 것이 가득하면 집에 들어갈 때 기분이 한층 더 좋아질 것 같았다. 자취 방을 꾸밀 물건을 사러 상점가로 자주 나가자 나를 알아본 주인과도 친해졌다. 예전엔 없던 관심이라 당황했지만 나도 어느새 가게에 들어가면 가게 사장님한테 먼저 말을 걸 만큼 능청이 제법 늘었다.

우리의 멋진 파티가 있던 후부터 용이는 드디어 자유롭게 이 마을을 돌아다닐 수 있게 되었다. 물론 아직 낯선 사람이 말을 걸면 겁먹었지만, 용기를 가져다주는 별사탕 가루와 함께라면 무섭지 않다고 했다. 하지만 마을에서 살 생각은 없어 보였다. 사장님이 마을에 용이를 위한 오두막을 지어준다고 하여 우리가 말을 전했더니 용이는 괜찮다고 했다. 아직 오두막과 헤어질 준비가 되지 않은 것 같다.

나와 앤 님은 다시 일상으로 돌아왔다. 나는 여전히 내 또래의 감정을 주로 맡았고, 한 가지 달라진 점은 앤 님도 다시 게이지를 채우는 일에 열중하기 시작했다는 것이다. 앤 님은 그 파티 이후로 '저 너머 세계'로 돌아가겠다는 마음을 확실히 한 것 같다. 아직 게이지가 고쳐지지 않은 상태라 수치를 확인할 수 없지만 앤 님은 충분히 '저 너머 세계'로 돌아갈 수 있을 것이다. 나는 슬슬 이별을 준비해야겠다고 생각했다.

❁ ❁ ❁

우리는 이 세계를 무사히 지켜낸 것을 기념하는 파티를 하기로 했다. 장소는 '볕 드는 된장찌개'. 이제 밖으로 나오는 걸 무서워하지 않는 용이에게도 꼭 소개해 주고 싶은 식당이었다. 우리는 옹기종기 모여 각자 먹고 싶은 것을 시키고 천천히 밥을 먹었다. 이곳의 음식을 먹으면 몽글몽글한 옛날 기억이 떠오른다. 그 기분이 좋아 우리는 각자 조용히 먹었다.

용이까지 식사를 다 마치자 지용 씨는 우리에게 할 말이 있다고 했다. 우리는 대충 예상했지만 용이가 받아들일 수 있을지 걱정이었다. 용이는 애써 모른척하는 것 같았다. 그 모습을 지켜보기 참 가슴 아팠다.

"저 이제 돌아가 보려고요."

지용 씨 목소리에 힘이 잔뜩 실려 있었다. 용이와 지용 씨는 서로를 쳐다보지 못하고 빈 뚝배기만 바라봤다. 나와 앤 님은 난감했지만 그래도 이제는 서로 용기를 낼 때라고 생각해 조용히 곁에서 둘을 응원했다. 용이는 그가 항상 목에 걸고 다니는 용기 향수를 꽉 잡았다. 우리 모두 용이의 작은 손짓 하나하나 숨죽이며 지켜봤다. 용이는 마침내 결심이 선 듯 향수를 뿌리지 않고 손을 떼더니 곧바로 지용 씨를 향해 손을 뻗었다.

"그동안 너무 재밌었어. 나랑 친구 해줘서 고마워."

용이의 말에 나와 앤 님 그리고 지용 씨의 눈가가 촉촉해졌다. 지용 씨는 한 번에 용이를 번쩍 들어 꼭 안았다. 그리고 용이에게 진심을 전했다.

"나도 네 덕분에 돌아갈 용기를 얻을 수 있었어. 너 아니었으면 나는 겁쟁이인 상태로 매일을 허비했을 거야. 나도 너무 재밌었어. 너와 함께했던 순간들을 영원히 기억하고 용기 낼게."

지용 씨는 용이의 눈을 지그시 쳐다보며 말 하나하나 정성을 담아 눌러 말했다. 지용 씨의 진심이 전해졌는지 용이는 끄덕였다.

"내가 정말 형아한테 도움이 됐어? 내가 형아한테 그런 사람이 됐어? 용기를 줬어?"

"응. 넘칠 정도로 한가득. 내가 버림받을 만한 사람이 아니라는 걸 알게 되었어."

그동안 둘은 서로에게 어떤 의미였을지, 어떻게 사랑했는지 그리고 어떤 위로를 받았는지. 우리는 알 수 없지만 둘은 눈을 맞추며 서로에게 알려주고 있었다. 서로가 서로에게 친구이자 기댈 수 있는 어깨가 되어주었다.

우리는 그로부터 며칠 뒤, 계단을 올라가는 지용 씨를 배웅했다. 한바탕 소동이 지나고 난 후 계단을 오르는 사람들은 다시 예전처럼 모두가 편안해 보였고 계단은 북적이지 않고 여유롭게 유지되고 있었다. 우리는 지용 씨의 뒷모습이 보이지 않자 흔들던 손을 멈추고 계단 꼭대기를 한참 동안 바라봤다. 나는 저길 언제 올라가볼 수 있으려나. 앤 님은 이제 곧 밟아야 할 저 계단을 보며 어떤 생각을 하고 있을까?

우리가 집에 가기 위해 걸음을 옮겼는데도 용이는 움직이지 않았다. 우리가 그에게로 가까이가 눈을 맞추자 그의 눈망울에서 구슬 같은 눈물이 똑똑 떨어졌다. 용이는 오늘 처음 헤어짐이라는 것에 대해 배웠다.

❀ ❀ ❀

솔직하게 말해서 우리는 용이가 오두막을 떠나기까지 오랜 시간이 걸릴 거라고 생각했다. 지용 씨를 배웅한 뒤 용이와 한참을 같이 울어주고 우리는 용이가 오두막에 들어가기 전 여러 상점을 들러 그가 필요할 법한 물건을 사주려고 하였다. 그러자 용이는 우리한테 지금 오두막에 가고 싶다고 하였고, 같이 가달라고 부탁했다.

용이는 씩씩하게 앞장서서 걸었고 우리는 천천히 그 뒤를 따라 걸었다. 용이의 뒷모습에는 왠지 모를 쓸쓸함이 묻어났다. 오두막에 거의 도착했을 무렵 용이는 우리에게 말을 꺼냈다.

"나 여기 말고 내려가려고. 나 짐 옮기는 것 좀 도와줘."

용이는 목소리를 떨면서 말했다. 용이는 오늘 용기 향수를 한 번도 사용하지 않았다. 용이가 스스로 만들어낸 용기는 바로 다음 용기를 만들었다. 용이의 감정 그릇은 이제 스스로 넘실거리기 시작했다.

용이의 오두막에는 크게 용이가 챙겨갈 만한 것들이 없었다. 사장님이 마련해준 집에 대부분이 있었고, 용이도 마음을 둔 물건이 없어 보였다. 대신 이 집에는 별사탕 꾸러미가 있었는데 이걸 어떻게 처리해야 하나 고민되었다. 나는 조심스럽게 사장님한테 이 별사탕을 주면 어떨지 용이에게 물었고, 용이는 한 알을 챙겨 주머니에 넣더니 나머지 다 사장님한테 줘도 상관없다고 하였다.

우리는 오두막을 떠나기 전 이 세계의 끝에 다시 가보기로 하였다. 그날의 파티 이후로 얼마나 바뀌었을지 다들 말은 안 했지만 내심 기대되는 눈치였다.

우리는 사실 큰 변화가 없으리라고 예상했지만, 우리 앞에 펼쳐진 것은 너무나 아름다운, 마음이 벅찬 풍경이었다. 원래는 절벽이었던 공간이 끝이 보이지 않는 들판으로 바뀌어 있었다. 듬성듬성 나무도 자라 사람의 손길이 닿지 않은 대자연처럼 보였다. 이 세계는 원래 이렇게 끝이 보이지 않는 영원한 공간이었다.

우리는 내려오는 길에 지용 씨가 표시해둔 끈을 하나하나 떼면서 내려왔다. 이제 오두막을 향하는 길은 나랑 앤 님, 용이 그리고 사장님밖에 모르니 우리만의 비밀이 생긴 것 같은 기분이었다.

"근데 사장님이 누구야?"

용이는 아직 그 파티 이후로 사장님을 본 적이 없었다. 그도 그럴 게 파티를 시작할 때 사장님은 정신없이 별사탕을 갈아내고 있었고, 그 이후로도 감정 게이지를 고치느라고 연일 밤낮 가릴 거 없이 일에 몰두하고 있었기 때문이다. 나는 용이가 사장님을 기억할까 궁금했다. 용이는 곰곰이 생각하더니 사장님을 만나봐야겠다고 말했다. 우리는 다행이다 싶었지만, 혹시나 잊었던 과거의 기억이 떠오르진 않을지 걱정도 조금 되었다.

우리는 용이가 직접 별사탕 꾸러미를 사장님께 드리는 게 맞는

다고 생각했다. 그래서 사장님 사무실 앞까지만 같이 갔고, 용이는 숨을 한번 크게 쉬고 용기 내어 문을 두드렸다. '들어오세요'하는 사장님의 목소리에 우리는 문을 열었고, 용이는 한 걸음 한 걸음 듬직하게 걸어갔다.

❀ ❀ ❀

용이가 사장님하고 만나는 사이, 정말 오랜만에 나와 앤 님은 둘이서 산책했다. 앤 님은 나에게 본인의 일터로 같이 가지 않겠냐고 물었고 나는 당연히 좋다고 했다. 여전히 아름다운 꽃이 피어있는 이곳에 용이와 지용 씨와도 자주 와서 떠들썩하게 놀았었는데, 이제는 한없이 고요했다. 우리는 항상 그래왔듯 정자에 비스듬히 앉았다. 나는 오래도록 묻어온 말을 꺼낼 시간이라고 생각했다.

"이제 돌아갈 마음이 생기셨어요?"

내가 진지하게 묻자 앤 님은 싱긋 웃더니 말했다.

"제가 이곳에 왜 오게 됐는지 궁금하신가요?"

내가 끄덕이자 앤 님은 고개를 들어 눈을 감았다.

"저는 제 아이를 두고 왔어요."

앤 님의 눈꺼풀과 목소리가 떨렸다. 나는 가만히 앤 님의 이야기를 들었다.

"우리 아이를… 저는 혼자 키워요. 남편은 돈을 벌기 위해 먼 지역까지 가서 일해요. 우리를 보러 올 돈도 아까워서 매일같이 일만 하죠. 그런 남편을 생각하면 내가 힘을 내야 하는데 사실 그 돈으론 아이 키우는 게 턱없이 부족해요."

앤 님은 처음으로 씁쓸한 미소를 지었다.

"그거 알아요? 애 키우는 거 보통 일이 아니에요. 저는 그래도 부족함 없이 키우고 싶어서 부업 같은 것도 열심히 했어요. 일은 나름대로 할 만했는데 문제는 아이가 너무 예민하다는 거였죠."

나는 앤 님의 처음 보는 모습에 안쓰러운 마음이 들었다.

"아이마다 타고나는 기질이 있대요. 우리 아이는 어쩐 일인지 제가 한순간도 보이지 않으면 울었어요. 달래는 건 또 어찌나 힘든지 한번 울기 시작하면 너무 힘들어지니까 웬만하면 업거나 안고 다녔더니 저에 대한 집착이 더 심해지더라고요."

앤 님은 고개를 들어 하늘을 봤다.

"산후우울증이라고 알아요? 제가 그거였던 것 같아요. 안 그래도 먹고 살기 힘든데 아이를 달래느라 정작 제 마음을 달래줄 사람이 없더라고요. 아이를 가만히 보고 있으면 너무너무 예쁜데, 나를 보며 웃어주면 이 세상에 부러울 게 없는데, 그 기쁨을 같이 나눌 사람이 없다는 것도 너무 힘들었어요."

"혼자서 많이 외로우셨을 것 같아요."

내 말에 앤 님은 끄덕였다.

"어느 날 밤이었는데 제가 밖에서 감기를 옮아왔는지 갑자기 몸에 힘이 쫙 빠지더니 열이 펄펄 끓었어요. 도움을 요청해야 하는데 몸에 힘이 안 들어가는 거예요. 그냥 눈물만 났어요. 제가 왜 이렇게 살고 있는 건지 이해가 안 됐죠. 자는 애를 붙잡고 울다가 그 이후로 기억이 없네요. 아마 그러다 이곳에 오게 된 것 같아요."

앤 님은 잠깐 말을 멈추더니 생각에 잠겼다. 그리고는 다시 이어 말했다.

"처음에는 죄책감이 너무 심했어요. 나 편하게 하자고 어떻게 아이를 버려두고 이곳에서 쉬냐고. 미친 듯이 일했어요. 근데 감정이 별로 쌓이지 않더라고요. 그래서 사장님을 찾아가 엉엉 울었어요. 나 얼른 돌아가야 한다고. 그랬더니 사장님이 뭐라는 줄 알아요?"

나는 앤 님의 말을 기다릴 뿐이었다.

"지금 아이가 보고 싶은 거 맞냐고. 저는 약간 멍해졌어요. 엄마가 아이 보고 싶은 게 당연한 거 아니냐고 말했더니 '당신은 사람들이 지금 나쁜 엄마라고 손가락질하는 게 무서운 게 아닌가요?'라고 하더군요. 놀랍게도 제 마음은 그 말을 듣고 바로 진정됐어요. 참 못된 엄마이지 않나요?"

앤 님은 눈을 다시 지그시 감았다.

"그 이후로는 저를 챙기기 시작했어요. 애가 좋아하는 거 말고 제가 뭘 좋아했는지, 그동안 뭘 하고 싶었는지. 그래서 이 정원을 만들었어요. 꼭 한 번 꽃에 둘러싸여 있고 싶었거든요. 그리고 이곳에 있는 식당은 모두 들려본 것 같아요. 세상에 이렇게 맛있는 음식이 많은지 몰랐어요. 저는 솔직하게 말해서 처음에는 일부러라도 우리 아이에 대한 생각이 떠오르면 지워버리려고 애썼어요. 그런 날이면 밤마다 항상 울었죠. 이렇게 못난 엄마라서 미안하다고. 근데 제가 좋아하는 일을 하고 제 감정을 조금씩 채우니까 굳이 자연스럽게 떠오르는 아이 생각을 지울 필요가 없어지더라고요. 그때 처음으로 순수하게 보고 싶어졌어요. 우리 애기의 웃는 얼굴에 제 얼굴을 비비고 싶어졌어요."

애기의 웃는 얼굴을 떠올리는 앤 님의 표정은 그 어느 때보다 행복해 보였다.

"제가 담이 씨 만났을 때는 감정 게이지를 거의 다 채운 상태였어요. 마음만 먹으면 금방 돌아갈 수 있었는데 조금 무서웠어요. 돌아가서 좋은 엄마가 될 수 있을까? 좋은 엄마가 뭔지 모르겠더라고요. 생각해보니 좋은 사람이 되는 법도 모르는 거예요. 그래서 최근엔 새로 들어오는 사람들과 이곳 사람들하고 '좋은 관계'를 맺어보자고 생각했고 여러 사람의 이야기를 들어보고 싶어졌어요. 앞으로 나와 내 아이의 인생에 비슷한 시련이 다가온다면 어떻게 해결하면 좋을까 미리 고민해보고 싶었어요. 너무 불순한 접근이었나요?"

앤 님은 걱정스럽다는 듯이 나를 바라봤다. 나는 의도가 숨어있든, 그 의도가 뭐가 됐든 간에 처음 보는 나에게 호의를 베풀어 준 앤 님한테는 항상 고마웠다. 그래서 신경 쓰지 말라고 말했다.

"전 덕분에 이곳에 편하게 적응할 수 있었어요. 다 앤 님 덕분이에요."

내 말에 앤 님은 비로소 미소를 되찾았다.

"그러면 이제 마음의 준비가 다 되셨나 보네요?"

내 말에 앤 님이 대답했다.

"솔직히 말해서 아직도 무서워요. 근데 용이를 보니까 안 되겠더라고요. 용이를 만난 후부터 매일같이 용이가 제 아이 같아 보였어요. 그래서 더 챙겨주고 싶었고 다양한 경험도 하게 해주고 싶었어요. 용이가 웃을 때마다 주책맞게 눈물이 나는 거예요. 그리고 그때 우리 소풍 갔을 때 마음을 굳혔어요. 용이가 뛰어노는 모습을 보니까 알 수 없는 감정이 마구 휘몰아쳤어요. 부족해도 괜찮으니까 아이를 맘껏 사랑하러 가고 싶다 그런 생각이 처음 들었네요. 그날."

앤 님은 굉장히 홀가분해 보였다. 문득 나는 앤 님의 가장 중요한 감정이 무엇인지 궁금해졌다.

"혹시 그러면 여기 처음 들어오셨을 때 사장님이 보여주신 장면은 뭐였나요?"

앤 님은 웃으며 말했다.

"우리 아기가 태어났을 때요."

앤 님은 활짝 웃더니 더 이상 말을 하지 않았다. 그리고는 눈을 감았다. 다시 그 기분을 생생하게 느끼는 것 같았다.

사장님을 만나고 돌아온 용이는 꽤 편안해 보였다. 용이가 오자 앤 님은 자기도 곧 돌아가야 할 것 같다고 말을 꺼냈다. 용이는 앤 님의 말에 이미 알고 있었다는 듯 웃어 보였다.

"뭐야, 용아. 지용 씨 갈 때는 그렇게 울상이더니 내가 가는 건 괜찮아?"

못내 섭섭한 티를 내는 앤 님한테 용이는 웃으며 말했다.

"지용이 형아가 자주 말했어요. 미리 이별을 준비할 줄 알아야 한다고. 게이지 보는 법 알려줬어요. 많이 차 있길래 곧 떠날 거라는 건 알고 있었어요."

용이의 대답은 꽤 듬직했다. 용이는 어리광 피울 줄만 아는 꼬마가 아니었다.

"그럼 우리 헤어지기 전에 마지막 소풍 가볼까?"

소풍이란 말에 용이는 눈이 휘둥그레져서는 마구 뛰어다녔다. 우리는 그 모습을 보며 또 한 번 지금 무척이나 행복하다고 생각했다.

우리가 소풍 온 곳은 원래 이 마을의 어린이 놀이터였던 장소였다. 이곳은 놀이동산으로 탈바꿈하여 이제는 '감정적'이 있는 마을보다도 훨씬 큰 규모가 되었다. 사장님은 게이지를 원상복구 해놓고는 원래 작았던 어린이들의 공간을 이 세계의 중심으로 삼았다. 이렇게 바뀐 놀이동산은 활기찬 아이들의 순수한 에너지로 가득차 항상 핑크빛 하늘이었다.

이 세계의 원래 주인은 어린이였으니 그들을 위한 공간이 이제라도 제대로 생겨 다행이라고 생각했다. 그리고 또 다른 주인인 우리의 용이도 이곳을 굉장히 좋아했다. 우리는 여느 가족처럼 머리띠를 사고, 추로스와 아이스크림을 먹고, 회전목마와 어린이용 놀이기구를 즐겼다. 앤 님은 이곳에서도 꽃이 가득한 정원을 좋아했다. 꽃의 아름다운 빛깔이 통통 튀는 아이들과 특히나 더 잘 어울렸다.

우리는 야외 식당의 파라솔에 앉아 밥을 먹었다. 어른들은 김치볶음밥, 용이는 어린이 짜장면을 먹었다. 나는 오랜만에 먹는 짜장면의 맛에 홀딱 반해 용이의 밥을 한가득 뺏어 먹었다. 용이는 간식을 많이 먹어 배가 불렀던 모양인지 나한테 짜장면을 다 양보했다. 한참을 맛있게 먹고 있는데 용이가 말했다.

"나는 여기서 일하기로 했어."

예상치 못한 용이의 말에 나와 앤 님 모두 그를 쳐다보았다.

"사장님이 나를 위한 일자리를 만들어주신대. 나는 어차피 돌아가도 할 수 있는 게 없어. 죽는 걸 기다리는 일뿐이야."

우리는 용이의 말에 숙연해졌다. 용이가 돌아갈 현실은 용이가 부담하기엔 너무 큰 아픔이었다.

"사장님하고는 많이 친해졌나 봐?"

내 말에 용이가 웃으면서 말했다.

"응, 사장님은 내 생각보다 무서운 사람이 아니었어. 머리에 뿔도 없고 꼬리도 없어. 그냥 좋아. 사장님은."

처음 용이를 돌봐준 사람이 누구인지 모르겠지만 사장님에 대한 표현을 과격하게 했었나 보다. 그렇게까지 해서 용이를 사장님과 멀리 두고 싶었던 그 사람은 도대체 어떤 사람인 걸까?

용이는 말을 마치고는 나를 쳐다봤다. 이제 내 차례라는 뜻인 것 같았다.

16
엄마와의
만남

며칠 뒤, 나와 용이 그리고 앤 님의 지인들은 '감정적' 계단 앞에 모였다. 앤 님은 한 명, 한 명과 정성스레 마지막 인사를 나눴다. 금세 이 자리는 눈물바다가 되었다.

"제가 돌아가는 좋은 자리인데 왜 다들 우시는 거예요."

하지만 그렇게 말하는 앤 님의 눈에서도 눈물이 멈추지 않았다. 나는 애써 슬픔을 눌러보았지만 앤 님이 나를 안자 주체할 수 없는 감정이 몰려왔다.

"처음 담이 씨를 봤을 때, 나를 보는 것 같은 느낌에 속상한 마음이 들었어요. 이 사람은 어떤 상처가 있길래 이렇게 마음이 텅 비었을까 싶어서. 그래서 다른 사람들하고는 달리 더 마음이 갔던 것 같아요. 하지만 제 걱정과는 달리 담이 씨는 너무나도 단단한 사람이었어요. 담이 씨 아니었으면 용이도, 지용 씨도 못 만났을 거고 그랬다면 행복했던 소풍도, 파티도 이렇게까지 즐겁게 경험하지는 못했을 것 같아요. 담이 씨의 다정함 그리고 누구보다도 섬세한 감각이 이 세계를 구했다고 생각해요. 이미 담이 씨는 충분히 멋진 사람이에요."

나는 결국 눈물을 참지 못하고 엉엉 울었다. 앤 님 앞에 서면 왜 이렇게 눈물이 멈추지 않는지 모르겠다. 나도 앤 님을 꼭 껴안고 고마웠다고 전했다. 나는 앤 님 덕분에 이 세계를 아름답게 볼 수 있었으니까.

모두의 배웅을 받으며 앤 님은 계단을 천천히 걸어 올라갔다. 우리는 숨죽여 앤 님의 발걸음을 지켜보았다. 이 순간만큼은 우리 모두 한마음일 것이다.

나는 마음이 허해 곧장 앤 님의 근무지였던 정원으로 돌아와 장비를 펼쳤다. 마음을 달래려면 일을 하는 수밖에는 없을 것 같았다. 그렇게 나는 화면을 켜고 '저 너머 세계'의 사람이 뜨기를 기다렸다. 그러다 화면에 보인 것은 젊은 여성의 뒷모습이었다. 그 옆으로는 아이가 누워 자고 있었다. 나한테 이런 경우의 사람이 뜬 것은 처음이라 당황스러웠다. 그래서 일단은 가만히 지켜보기로 마음먹었다.

근데 오래 보다 보니 익숙한 오래된 옷장과 여러 가구들이 보였다. 그리고 아이가 꼭 껴안고 자는 강아지 인형은 내가 어려서부터 아끼던 인형이었다. 그 인형이 없으면 잠을 잘 못 잤다고 예전부터 엄마가 말해주곤 했다. 지금은 어디 뒀는지도 기억나지 않지만, 그 인형은 확실히 내 것이었다. 내가 당황한 사이 여자가 고개를 돌렸다. 그 여자는 앤 님이었다.

주체할 수 없이 올라오는 감정에 그만 아무 말도 할 수 없었다. 나는 그동안 젊은 시절의 엄마와 이 세계를 누비고 다닌 것이었다. 그리고 앤 님이 그렇게 키우기 힘들어했던 자식이 나였다. 하지만 그보다 더하게 보고싶어 했던 자식이 나였다. 생각해보니 그랬다. 우리 엄마가 유일하게 좋아한다고 말했던 책은 '빨간 머리 앤'이었고 어쩌다 꽃을 보면 그 누구보다 행복해하던 사람이 우리 엄마였다. 엄마가 지금 화면 속에 어린 나와 함께 있다. 주체할 수 없는 감정에 아무 생각도 나지 않았다. 나도 모르게 주머니 속에 항상 넣어두던 유리 조각을 꺼내 화면에 가져다 댔고 그 순간 걷잡을 수 없이 치솟는 감정에 나는 정신을 잃고 말았다.

눈을 뜨니 보이는 풍경은 어렸을 때 살던 집이었다. 집은 이사를 해서 못 알아봤지만, 스티커가 붙여진 텔레비전이나 장롱 같은 가구들은 지금도 집에 있는 것과 같았다. 나는 한걸음에 엄마 뒤로 가 앉았다. 떨리는 손으로 엄마의 어깨에 손을 올리자마자 나는 눈물을 쏟아냈다. 그리고 끈끈이 폭포에서 주워 부적처럼 들고 다니던 연분홍빛의 별사탕을 꺼내 손으로 부숴 으깼다. 그리고는 엄마를 품에 안자 별사탕 가루는 우리를 둘러싸 은은하게 퍼졌다. 엄마는 나의 손길을 알아채고 천천히 몸을 일으켰고 나도 모르게 고개는 바닥을 향했다.

"엄마, 내가 힘들게 해서 미안해. 나 때문에 마음이 텅 비었구나. 정말 미안해."

그러자 엄마는 나의 양 볼을 두 손으로 잡고 눈물을 닦아줬다. 그리고 한참 동안 나의 눈을 바라봤다. 나는 그제야 앤 님의 얼굴에서 지금의 주름진 엄마의 얼굴을 볼 수 있었다. 왜 못 알아본 걸까? 엄마의 젊은 시절을 기억도 못 한 내가 원망스러웠다. 그렇게 계속해서 울자 엄마는 나를 꼭 안았다. 그리고 손바닥으로 등을 두들기며 말했다.

"너였구나."

그 한마디에 나의 긴장이 눈 녹듯 풀렸다.

"엄마는 괜찮아. 엄마는 우리 도담이가 이렇게 잘 자란 모습 보니까 정말 좋다. 이렇게 멋진 아이로 커서 정말 기뻐. 도담아, 울지 않았으면 좋겠어. 엄마는 담이가 매일 행복했으면 좋겠어."

나는 엄마를 붙잡고 펑펑 울었다. 엄마는 당황하지도 않고 나를 달랬다. 엄마는, 앤 님은 나를 기억하고 있는 걸까?

"우리 아가, 엄마가 이 세상에서 제일 사랑해."

나는 그렇게 돌아왔다. 어린 시절로 돌아간 것처럼 엄마의 품에서 사랑을 느꼈다. 게이지를 보자 나의 '포근함' 수치가 올라갔다. 나에게 부족했던 것은 누군가의 따뜻한 사랑과 관심이었다. 이제 다시 볼 수 없는 젊은 시절의 엄마지만, 나는 지금 기억을 평생 마음에 묻어두고 살아갈 것이다.

✿ ✿ ✿

우리 엄마는 언제나 강인한 사람이었다. 내가 어디를 다쳐 와도, 물건을 잃어버려도 등을 손바닥으로 툭툭 치며 '그럴 수 있지'하고 대수롭지 않게 여겼다. 항상 엄마는 일하느라 바빴지만 나를 보면 환하게 웃어주려고 노력했다. 못난 자식이었던 나는 사춘기 이후로 그런 엄마를 봐도 무뚝뚝하게 방으로 들어가 닫을 뿐이었다. 그렇게 하면 나는 완전히 혼자가 된 기분이었는데, 엄마도 닫힌 문을 보며 집에 혼자 남겨졌다는 마음이 들었을 것 같다. 그 생각만 하면 마음이 미어진다. 예전에는 엄마의 아픔을 왜 몰랐을까 후회스러웠다.

나는 착잡한 마음으로 '감정적'의 벤치에 앉아있었다. 아직도 엄마를 만난 여운이 사라지지 않은 상태였다. 내가 한숨을 푹 쉬자 어느새 내 옆으로 용이가 와서 앉았다.

"왜 그래?"

내 기분이 좋아 보이지 않자 용이는 걱정스레 물었다. 어느새 용이는 타인의 감정까지 헤아릴 줄 아는 어린이가 되었다.

"아니, 그냥."

나는 마음이 한없이 무거워 말을 꺼내기가 어려웠다. 그래서 일부러 화제를 돌렸다.

"너는 사장님이랑 만났을 때 어땠어?"

"사장님이랑 만났을 때?"

"응, 처음 별사탕 들고 찾아간 날 말이야."

내 말에 용이는 이제야 생각났다는 듯이 말했다.

"처음엔 무서웠어. 나 처음에 돌봐줬던 형아가 이곳에 사장이라는 사람은 절대 만나지 말라고 했거든. 그러면 무시무시한 일이 생긴다고. 그래서 사장님은 무서운 사람인 줄 알았어. 나중에 형아가 내가 사장님 만났다는 거 알면 실망할까 봐 그것도 무서웠어. 근데 다들 사장님이 좋다고 했잖아. 그래서 궁금해졌어. 어떤 사람인지."

"사장님이랑 무슨 얘기했어?"

"음, 나한테 코코아 타 줬어. 진짜 맛있었어."

"그리고?"

"아, 그리고 사장님이 내 손을 잡고 날 한참 동안 봤는데 왠지 무섭지 않더라? 손이 따뜻했고 또 괜찮았어. 그게 끝이야."

용이는 직감적으로 안 것 같았다. 사장님이 자신을 이곳에 데려온 사람이라고, 그러니 믿어도 된다는 사실을.

내가 아무 말도 하지 않자 용이는 물었다.

"이제 너 얘기해줘. 내 얘기했으니깐."

용이는 똘망똘망한 눈으로 날 쳐다봤다. 이 순수한 눈빛에 나는 말을 하지 않을 수가 없었다.

"음… 네가 너무나도 사랑하는 사람이 너 때문에 많이 힘들었다는 걸 알게 되면 어떨 것 같아?"

"내가 너무 사랑하는 사람?"

"응, 그러니까 너한테는 너를 처음 돌봐줬던 형이나, 지용 씨 같은 사람이 알고 보니 너 때문에 많이 힘들었었대."

"형아는 나를 싫어해?"

"아니, 싫어하지 않고 너를 정말 좋아하고 사랑한대."

"근데 어떻게 나 때문에 힘들지?"

"음… 너랑 함께 지내는 상황이 어려워져서 힘들대."

"그럼 나 때문에 힘든 거 아니잖아."

나는 용이의 말에 한 대 얻어맞은 양 정신이 들었다. 내가 아무 말도 못 하고 있자 용이는 나를 똑바로 바라보면서 말했다.

"그 사람도 나도 서로를 정말로 사랑한다면 내가 힘들지 않게 해줄 수 있는 거 아니야?"

용이는 마지막 말을 하고는 다시 내 곁을 떠나 '감정적'으로 들어갔다. 나는 나도 기억하지 못하는 그때의 엄마에게 미안해서, 지금도 살갑게 엄마를 대하지 못하는 내가 속상해서 마음이 좋지 않았다. 엄마는 단 한 순간도 나를 미워하지 않았다. 매 순간 진심으로 사랑했다. 나는 지금 속상해할 때가 아니라는 생각이 들었다.

나는 열심히 일하는 틈틈이 '볕 드는 된장찌개'를 방문했다. 돌아가고 싶다는 마음이 들자 그 전에 꼭 해야 하는 일이 무엇인지 떠올릴 수 있었다. 그것은 바로 '볕 드는 된장찌개' 할머니의 된장찌개를 마스터하는 것이었다. 뜬금없이 할머니를 찾아와 된장찌개 끓이는 법을 알려달라는 내가 황당할 수도 있었지만, 할머니는 넓은 아량으로 친절히 알려줬다. 처음에는 신선한 야채를 고르고 손질하는 법, 그리고 된장 넣는 양이나 간 맞추는 법까지 꽤 간단했지만 어쩐지 내가 만들면 할머니가 만든 것 같은 맛이 나지 않았다. 할머니는 된장 말고는 그 어떤 조미료도 넣지 않았다. 역시 손맛의 차이인 걸까?

내가 속상해서 뒤뜰의 한쪽에 앉아있자 할머니가 다가오더니 말했다.

"부족한 건 말이야. 내 음식을 먹어줄 사람이 행복하게 먹는 모습을 상상하지 않았기 때문이야. 네가 행복한 기분으로 음식을 만든다면 그게 어떻게 맛없게 되겠니? 누군가를 위해 대접하는 음식이 맛이 없을 리가 없어. 너는 분명 잘 만들 수 있을 거야."

할머니는 그렇게 말하고는 가게 안으로 쑥 들어갔다. 그래, 마음 급할 거 없지. 나는 내 음식을 맛있게 먹는 누군가를 상상했다. 생각만으로도 몸에는 행복한 기운이 맴돌았다.

나는 그렇게 매일같이 맛 좋은 된장찌개를 만들기 위해 노력했고, 꽤 비슷한 맛이 날 무렵 나의 감정 게이지는 이제 거의 다 채워진 상태였다. 나는 할머니한테 마지막 인사를 했다. 그리고는 물었다.

"할머니, 이곳을 다녀간 사람들이 그립지는 않으세요?"

내 말에 할머니는 눈을 살짝 흘겼다.

"청춘이 아파서 이곳에 왔으면 곧장 돌아가서 다시 재밌게 살아야지. 하나도 아쉽지 않아. 나는 그 길에 잠깐 쉼을 주는 것일 뿐이야."

할머니는 나를 한번 꼭 안아주고는 말했다.

"그래도 너 있을 때 동안은 재밌었다. 가서 예쁘게 살아. 행복하게."

나는 눈가에 맺힌 눈물을 얼른 훔치고 끄덕였다. 우리 엄마도, 나도 이곳에서 따뜻한 어머니의 사랑을 받았다.

17

떠날 준비를 하는
도담

　이 세계는 내가 돌아가기 전까지 꽤 많은 변화가 있었다. 그 변화 첫 번째는 용이가 관리자님 밑에서 일을 배우고 있다는 것이었다. 일단은 새로 들어올 사람들의 명단을 정리하는 일을 맡고 있다는데 '어린이 관리자'는 새로 들어오는 사람들에게 꽤 인기 만점이라는 소문이 돌았다. 내가 멋있다고 놀리면 용이는 부끄러운 듯 자기 방으로 쏙 들어갔다.

　그리고 두 번째는 용이의 별사탕 덕분에 예정보다 일찍 '저 너머 세계'로 간 사람들 중 몇 명이 다시 이곳으로 돌아왔다는 것이다. 한번 이 세계에 왔었던 사람이 다시 돌아오는 건 이번에 처음이었기 때문에 나는 용이의 별사탕이 개개인의 성장에는 도움이 되지 못했다는 것을 알게 되었다. 관리자님의 걱정이 실제로 발생

해버린 것이다.

나와 용이는 그 이후로도 자주 만나 산책하곤 했다. 나는 혹여나 지용 씨가 다시 돌아오지는 않을까 걱정되었는데 용이는 태평해 보였다.

"지용 씨가 다시 돌아오게 되면 안 되는데…"

입 밖으로 튀어나온 나의 걱정을 들은 용이는 먹던 아이스크림을 내려놓고 나를 쳐다봤다. 그 눈빛에는 아직도 지용 형아를 모르는 거냐는 말이 담겨 있었다. 생각해보니 지용 씨는 나의 선배님으로서 자신을 꺼내 보여준 사람이었다. 별사탕의 힘을 빌렸지만, 그는 '저 너머 세계'에서도 잘 해낼 것이다.

다시 돌아온 사람들로 인해 잠깐의 혼란이 있었지만 큰 문제는 발생하지 않았다. 우리는 그저 모르는 척 그들의 적응을 도와줄 뿐이었다. 나는 돌아온 사람들로부터 알게 된 사실이 있었다. 이들은 이곳에 왔던 기억이 남아있지 않았다. 그저 감각으로 익숙한 향내를 느낄 수 있다고 했다. 나는 이 세계에서의 기억을 영원히 간직하고 싶었는데 그건 어려운 일인 것 같다.

나는 내 옆에 앉아있는 용이를 바라보았다. 용이와, 그리고 사람들과 함께한 추억들을 모두 가져갈 수 없다니. 엄마를 만난 이후로 처음 '저 너머 세계'에 돌아가는 시간을 늦추고 싶다는 생각이 들었다.

그러고 보니 나는 '감정적'에서 일하며 우연히 담당자님을 만났었다. 그동안은 일하는 장소가 다르니 마주칠 일이 없었는데 잠깐 산책 나온 담당자님을 만나게 된 것이었다. 나는 반가운 마음에 담당자님을 부르며 손을 흔들었다. 그분은 나를 슬쩍 보더니 손짓했다. 나는 그 의미를 몰라 멀뚱멀뚱 서 있었는데 담당자님은 답답하다는 듯 '얼른 이쪽으로 오라고!'를 외쳤다. 나는 그제야 부랴부랴 뛰었다.

담당자님과 나란히 걸으며 맴도는 어색한 기운에 나는 괜히 헛기침을 했다. 담당자님은 나를 보더니 입을 열었다. 담당자님도 전과는 다르게 꽤 진중한 모습이었다.

"담이 씨, 보기 좋네."

담당자님의 뜬금없는 말에 내가 당황해서 아무 말도 못 하자 그가 나를 보고는 한숨을 푹 쉬었다.

"거참. 어리바리한 건 똑같네."

담당자님은 그 한마디를 남기고는 일하러 간다며 앞에 있던 문으로 들어갔다. 나는 담당자님한테 한마디도 못 하고 결국은 한 소리 들었지만, 왠지 기분은 나쁘지 않았다.

비로소 내가 돌아갈 날이 왔다. 그동안에 나도 꽤 많은 사람에게 앤 님한테 받았던 사랑을 나눴다. 그래서 이 세계에 처음 온 사람들에게 나는 용이와 함께 유명 인사가 되어 있었다. 꽤 많은 사람이 나를 배웅해준다고 '감정적'으로 모였고 나는 이 사람들과 헤어져야 한다는 사실이 아쉬웠다. 나는 사장님한테 물었다.

"저 이곳에서 있던 기억들은 돌아가면 금방 다 지워질까요?"

사장님은 나의 물음에 웃더니 대답했다.

"그럴 수도, 그렇지 않을 수도 있죠."

알쏭달쏭한 답변이었으나 나는 그럼 기억할 수 있다는 쪽에 희망을 걸어야겠다고 생각했다.

나는 나를 마중 나온 용이를 꼭 안았다. 용이를 처음 봤던 그 순간, 이 아이에게서 봤던 짙은 외로움의 그림자를 떠올렸다. 짧다면 짧은 시간이었지만 나에게 용이와 함께한 모든 추억은 평생을 간직하고 싶을 만큼 소중했다. 소중한 만큼 더 길게 마음 담아 안았다. 그리곤 눈을 바라봤다. 지금의 용이의 얼굴에는 외로움은커녕 걱정조차 보이지 않았다. 온전히 자신의 감정으로 외로움을 극복해낸 용이한테 고마운 마음이 들었다. 나도 용이한테서 많은 용기를 배웠다. 내가 빤히 바라보고만 있자 용이는 몸부림을 쳤다. 그의 장난기 가득한 반응에 웃음이 절로 나왔다.

"잘 가."

용이는 짧지만, 정성을 가득 담아 인사했다. 나는 용이를 보고 말했다.

"응, 너무 보고 싶을 거야. 그동안 정말 고마웠어."

나는 다정한 말 대신 한 번 더 진하게 용이를 안았다. 내 진심이 용이에게 전해졌으리라 믿는다. 이별을 몇 번 경험한 용이는 이젠 꽤 담담하게 이별을 받아들였다. 물론 내 등 뒤에서 눈물을 흘릴 것을 알기에 나는 모른 척 그의 듬직함을 받아주기로 하였다.

나는 그동안 많은 도움을 줬던 관리자님과 사장님한테도 고맙다고 인사했다. 특히나 아빠 같이 잘해줬던 관리자님한테 더한 감사를 표했다. 나는 관리자님이 이곳에서 더 얼마나 많은 사람을 위해 일할지는 잘 모르겠지만 그가 이곳에서 이룩할 뜻깊은 일들을 응원한다.

나는 이제 계단을 천천히 올라갔다. 이곳과 헤어지는 것은 너무 아쉬웠지만 그래도 새롭게 시작될 내 인생을 어떻게 꾸려가면 좋을지 생각하니 설레기도 했다. 그리고 엄마를 얼른 다시 보고 싶었다. 엄마의 옛날 사진을 보며 앤 님과의 추억을 되새기고 싶다. 계단을 여러 가지 복잡한 마음으로 오르자 금방 문에 도착했다. 나는 그 문손잡이를 꽉 잡았다.

눈을 감고 이 세계에 들어왔을 때 관리자님을 만났던 기억부터, 앤 님과의 만남, '볕 드는 된장찌개', 지용 씨와 용이와의 만남과 오두막에서의 추억, 이곳의 모든 사람을 떠올렸다. 이곳에서 받은 너무나 많은 사랑 덕분에 나는 다시 건강한 사람이 되었고 이제 돌아가 내 새로운 인생을 살게 될 것이다. 그동안 나의 무기력함으로 이루지 못했던 모든 관계와 성장을 이제는 다시 일궈나가려고 한다. 내가 그랬던 것처럼 나를 사랑으로 보듬어준 이곳의 많은 사람이 나를 믿고 응원할 것을 알기에 다가올 미래가 더 이상 무섭지 않았다.

　나는 다시 천천히 눈을 뜨고 손에 힘을 주었다. 한번 숨을 크게 쉬고는 문을 당겼다. 그러자 나는 어느새 집으로 돌아와 있었다.

18

돌아온
도담

나는 주말을 맞아 오랜만에 본가를 가려고 짐을 쌌다. 서랍장을 보니 엄마가 그동안 챙겨줬던 반찬통이 잔뜩 있었다. 나는 다시 한 가득 가져와야겠다고 생각하며 빈 반찬통을 한 아름 챙겨 들고나왔다.

본가로 가는 길은 겨울이라 추웠다. 나는 온몸을 꽁꽁 싸맸지만 전혀 갑갑하지 않고 포근했다. 요즘은 종일 우중충한 하늘인데 그래도 길 가다 풍겨오는 붕어빵과 어묵 국물 냄새는 날 설레게 했다. 겨울 공기가 이렇게 좋았나 생각하며 나는 기분 좋게 본가로 향했다. 집에 거의 다 도착했을 즈음, 문득 동네의 작은 슈퍼로 시선이 갔다.

"음, 오늘은 내가 요리해볼까?"

말보다 몸이 먼저 슈퍼로 향했다. 요리를 잘하는 편은 아닌데 그래도 요즘 유튜브 보면 요리 영상이 많길래 하나를 참고해야겠다고 생각했다. 슈퍼에 들어가 핸드폰 화면을 보면서 여러 음식 중에 뭘 하면 좋을지 고민하던 중에 두부가 눈에 띄었다. 두부를 보니 문득 된장찌개가 떠올랐고 순간적으로 된장찌개의 구수한 향이 풍겼다. 어느새 고인 침을 삼키며 엄마한테 전화했다.

"여보세요."

"어머, 네가 전화했어? 무슨 일이래?"

"엄마, 집에 된장 있지?"

"된장 없는 집이 어딨어? 당연한 걸, 애는. 근데 그건 왜?"

"아니, 가서 된장찌개나 한번 만들어볼까 하고."

엄마는 내 말에 잠깐 말을 않더니 웃으면서 대답했다.

"무슨 바람이 불어서 그래? 얼른 와. 두부만 사 오면 돼. 나머지는 다 집에 있어."

엄마는 기분이 좋은 듯 밝은 목소리로 말했다. 아마 내가 한다고 해도 엄마는 옆에 있다가 잔소리하며 자기가 다 하겠지 싶지만, 나는 두부와 초콜릿을 몇 개 집고 계산대로 향했다. 요즘 들어 그동안 먹지 않던 초콜릿을 자주 먹는다. 달짝지근한 카카오의 맛을 음미하다 보면 왠지 모르게 마음이 편안해지는 기분이 든다. 의자에 앉아 가만히 텔레비전을 보던 점원분이 나를 힐끔 쳐다보길래 나는 얼굴을 마주 보고 인사했다.

"안녕하세요!"

나의 살가운 인사에 점원분은 싱긋 웃었다.

"학생이 참 밝네요. 인사성이 좋아."

그러면서 나한테 이것저것 물었다. 엄마한테 된장찌개 해드리려고 두부를 샀다고 했더니 점원분은 부러운 듯한 표정을 지으면서 자기 아들은 언제 그런 거 해주나 몰라 하면서 봉투에 담았다. 나는 부끄러움에 머리만 긁적일 뿐이었다.

나는 서둘러 가게 밖으로 나왔다. 어느새 하늘은 구름이 가득 차 눈이 내리고 있었다. 예전에는 신발이 더러워져서 눈을 싫어했었는데 오늘은 왠지 예쁘다는 생각이 든다.

부스럭거리는 까만 봉투를 앞뒤로 휘저으면서 걷고 있는데 내 앞에 걸어가는 남자의 주머니에서 카드가 한 장 떨어졌다. 아버지 뻘로 보이던 그 남자는 카드가 떨어진 줄도 모르는지 기분 좋게 통화하며 걷고 있었다. 나는 미끄러지지 않게 조심하며 카드로 달려갔고 그 남자를 크게 불렀다.

"저기요~!"

통화하느라 나의 말을 못 들었는지 남자는 계속 걸었고 마음이 급해진 나는 카드를 주워 그 사람에게로 달려갔다. 나의 다급한 발소리가 들렸는지 그 사람은 뒤를 돌아봤고 나는 카드를 흔들어 보였다.

나의 모습에 주머니에서 카드를 찾던 그 남자는 그제야 자신의 카드인 줄 알았는지 나에게 다가와 미안한 표정을 지었다.

"딸, 잠시만 미안. 할아버지랑 놀고 있어 봐."

남자의 다정한 말투에 핸드폰에서 흘러나오던 목소리가 멈췄다.

"이거 죄송해서 어떡해요. 계속 쫓아오셨나요?"

어딘지 모르게 낯이 익은 얼굴에 나는 힘들었던 것도 잊고 괜찮다고 대답하였다. 그 남자는 카드를 받아 들고는 정말 감사하다고 연신 꾸벅하며 뒤돌았다. 다시 핸드폰을 귀에 대는 목소리에 다시금 익숙함을 느꼈다. 마음이 나도 모르게 놓이는 듯한 기분이 든건 우연이었을까?

집에 도착한 나는 혹시나 신발에 묻은 눈이 현관을 더럽힐까 봐 밖에서 열심히 발을 동동 구르고 들어갔다. 엄마의 모습이 보이지 않아 곧장 내 방으로 가자 엄마는 그곳 한구석에서 앨범을 보고 있었다.

"엄마, 뭐해?"

내 물음에 엄마는 문소리도 못 들었는지 깜짝 놀라며 말했다.

"아이고, 깜짝이야. 왔어? 두부는?"

나는 엄마한테 말없이 두부를 건네고 엄마가 보고 있던 앨범을 봤다. 앨범에는 제대로 걷지도 못하던 시기의 내가 있었다.

"엄만 이걸 왜 보고 있었던 거지?"

나는 사진이 언제 찍혔는지 기억도 나지 않는 그때의 나를 보며 심술 맞게 생겼다고 생각했다. 그리고 그 옆에 초등학교 때 시골에 있는 할머니 댁에서 찍은 사진이 있었다. 왠지 그 사진에 시선이 오래 머물렀다. 나도 모르게 가슴 깊이 무언가가 올라오는 듯한 기분이 느껴졌다. 그 느낌이 싫지 않았다. 사진을 앨범에서 뺐다.

"이건 챙겨가야지."

나는 가방 주머니에 사진을 넣으면서 생각했다. 왠지 이 사진이 있으면 무서울 게 없을 것 같다고. 그리고 나머지 사진을 넘기자 앨범의 마지막에 젊은 시절의 엄마와 내가 같이 찍은 사진이 있었다.

"엄마 어릴 때 보는 건 처음인 것 같은데."

나는 낯설기도 하고 익숙한 것 같기도 한 얼굴을 한참을 쳐다봤다. 길에서 마주치면 못 알아볼 것 같이 너무나도 예쁘고 앳된 얼굴이었다. 엄마가 이렇게 젊을 때도 있었구나 싶었다. 엄마는 젊을 때 사진 찍는 걸 싫어해서 남긴 사진이 별로 없다고 했다. 그런데 사진이 한 장 남아있는 것이 신기했다. 나도 모르게 눈물 한 방울이 똑 떨어졌다.

"어…?"

사진에 떨어진 눈물 한 방울을 보고서야 내가 울고 있다는 사실을 깨달았다. 그때 엄마가 얼른 나오라고 외쳤다. 나는 운 것을 들킬까 얼른 휴지로 눈물을 닦아냈다. 그리곤 시골 할머니 댁에서 찍은 사진을 다시 앨범에 끼워 넣고 젊은 엄마와 내가 같이 찍은 사진을 빼서 가방 주머니에 넣었다.

나는 이미 엄마가 재료를 다 꺼내둔 주방으로 달려 나갔다. 보글보글 멸치와 다시마를 넣은 육수가 끓는 소리가 정겨웠다.

"엄마, 이제 내가 할게."

엄마는 나의 말에 못 미덥다는 듯이 쳐다봤지만 나는 엄마의 팔을 잡고 주방에서 끌어냈다.

사실 엄마가 준비해둔 재료를 손질해서 다 넣고 된장으로 간만 맞추면 되는 일이었지만 지난번에 망친 이후로 처음 하는 요리라 긴장되었다.

나는 조심스럽게 칼을 잡고 재료를 손질하고, 육수에 넣고, 끓이다가 된장을 풀어 맛을 봤다. 엄마가 맛있게 먹었으면 하는 마음에 이미 지나간 영상을 계속해서 앞으로 돌리며 똑같이 따라 하려고 노력했다. 시간이 지나자 구수하게 풍기는 된장 냄새에 엄마는 대견하다는 듯이 나를 쳐다보며 말했다.

"이제 다 컸네."

원래는 엄마의 시선이, 애정이 어린 말이 잔소리로 들려 귀찮다는 생각만 들었었는데 지금은 이 집에 감도는 공기가 달았다. 내 마음이 바뀐 건지, 무엇이 달라진 건지는 모르겠지만 난 지금, 이 순간 외롭다는 생각이 들지 않았다.

나는 식탁 위에 된장찌개를 올려놓고 갓 지은 밥을 펐다. 엄마한테 밥 얼마나 먹을 거냐고 물어봤는데 주걱으로 한 번만 퍼달라고 했다. 나는 엄마의 밥그릇을 보며 양이 너무 적은 게 아닌가 생각했다. 나는 엄마가 원래 밥을 얼마나 먹는지도 몰랐다.

나는 나의 된장찌개의 맛이 궁금했지만, 마지막에 간을 보지 않았다. 왠지 이번에 만든 된장찌개는 맛이 좋을 것 같다는 확신이 섰다. 나 혼자 먹는 게 아니고 엄마랑 먹는 거니까. 그리고 저렇게 행복한 얼굴로 나를 보는 엄마가 함께 있으니까 맛을 보지 않아도 알 수 있었다. 분명 우리의 식사는 굉장히 행복할 것이라는 걸.

내가 상을 다 차리자 엄마가 자리에 앉았다. 된장찌개의 뚜껑을 열자 푸근한 된장의 향이 온 집안을 뒤흔들었다. 엄마는 숟가락을 들고 조심스럽게 떠서 맛을 봤다. 나는 잔뜩 긴장한 상태로 엄마의 반응을 기다렸다. 엄마는 맛을 음미하고는 웃더니 말했다.

"밥 한 그릇 더 먹어야겠는데?"

엄마는 한 국자 크게 떠서 밥 위에 얹고는 두부와 애호박에 비벼서 맛있게 먹었다. 그리고는 말했다.

"자식이 해주는 밥 먹으니까 정말 행복하다."

나는 그 말에 괜히 쑥스러웠다.

"내가 앞으로 자주 해줄게."

나는 진심을 담아 말했다. 구수한 된장 냄새, 푸근한 조명, 너무나도 익숙한 우리 집, 그 속에 존재하는 우리 엄마. 밥 한술 떠 입에 넣자 느껴지는 따뜻한 온기는 내 몸을 달궜고 지금 그 누구보다 행복한 순간에 있음을 알려줬다. 엄마와 함께하는 지금 이 순간이 나에겐 제일 큰 즐거움이라는 것을, 이제 알았다.